LE HÉRAPEL

LES FOUILLES DE 1881 à 1904

PREMIER FASCICULE

PAR

ÉMILE HUBER

Ingénieur E. C. P. (1859) ✳
Vice-président de la Société d'Histoire et d'Archéologie lorraine ✝
Membre correspondant de l'Institut d'Archéologie de l'empire d'Allemagne
Membre de l'Académie de Metz (1870) et plusieurs fois président.

—◈—

STRASBOURG

IMPRIMERIE ALSACIENNE ANC. G. FISCHBACH

1907

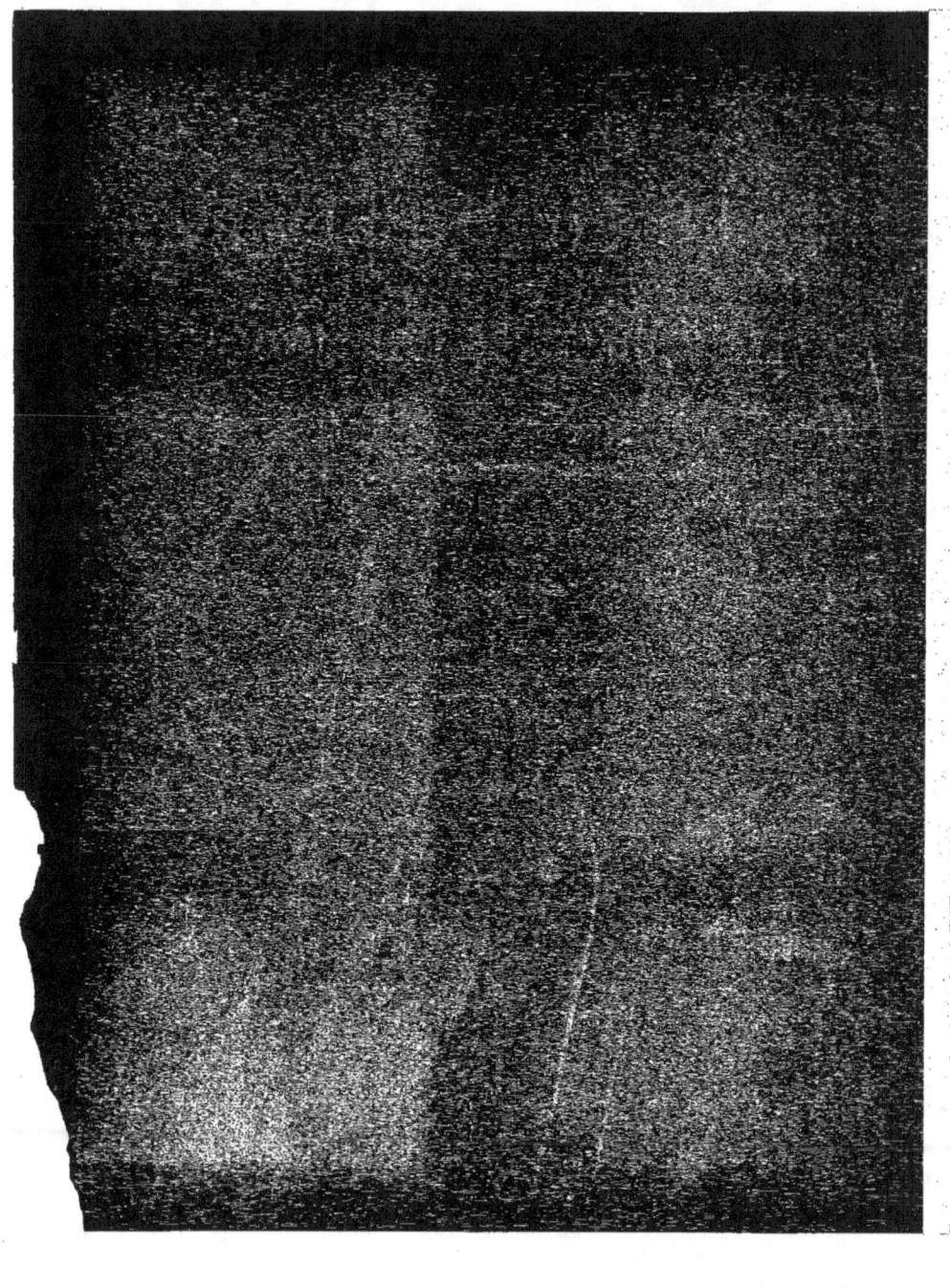

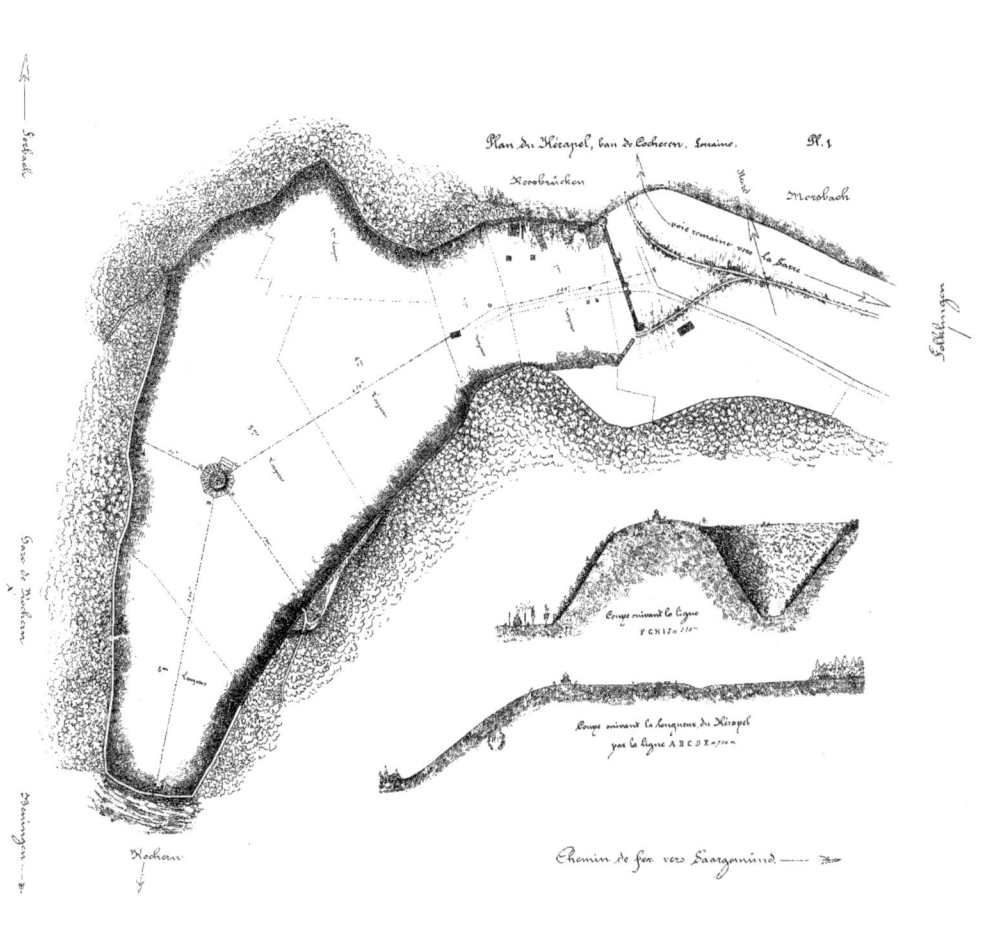

Plan du Hérapel, ban de Cocheren, Lorraine.   Pl. 1.

Coupe suivant la ligne
F G H I J ...

Coupe suivant la longueur du Hérapel
par la ligne A B C D E...

Chemin de fer vers Saargemünd.

Le Plérapel.

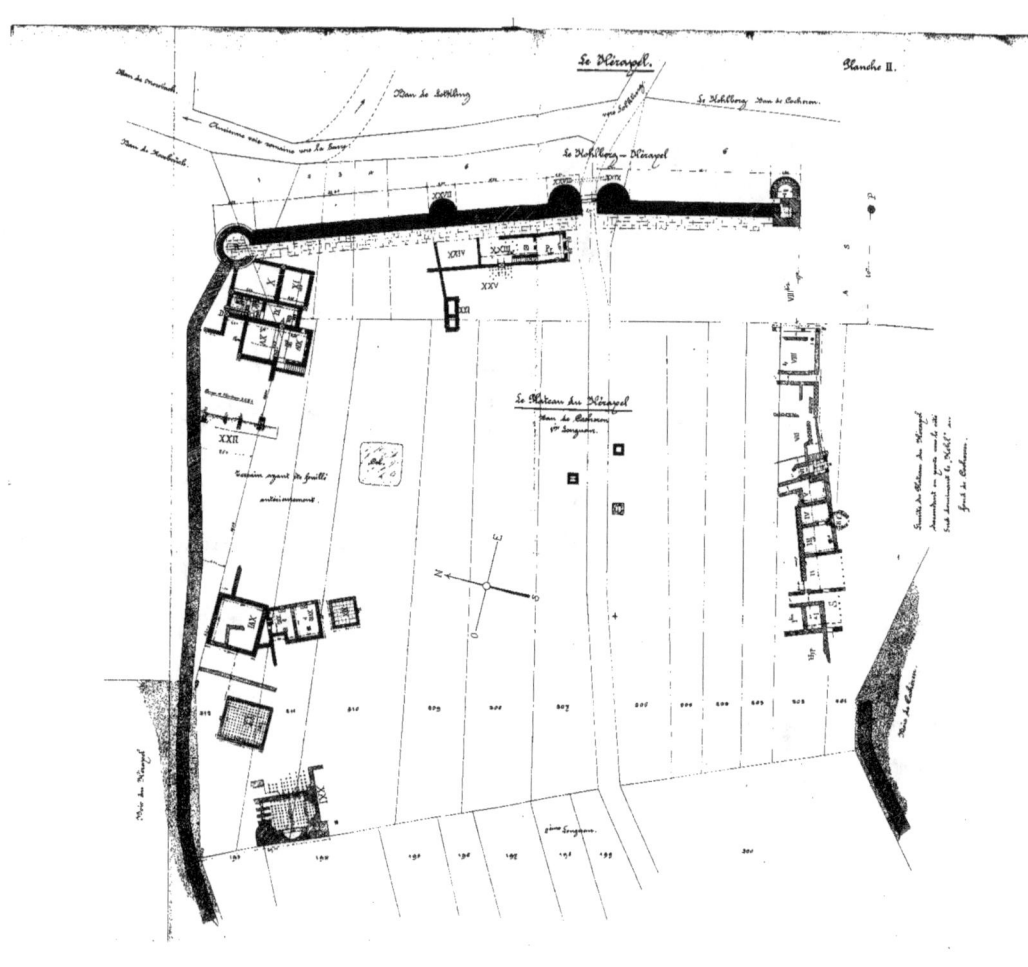

Le Château du Plérapel
Plan de Culture
1er Songeame

Pl. III.

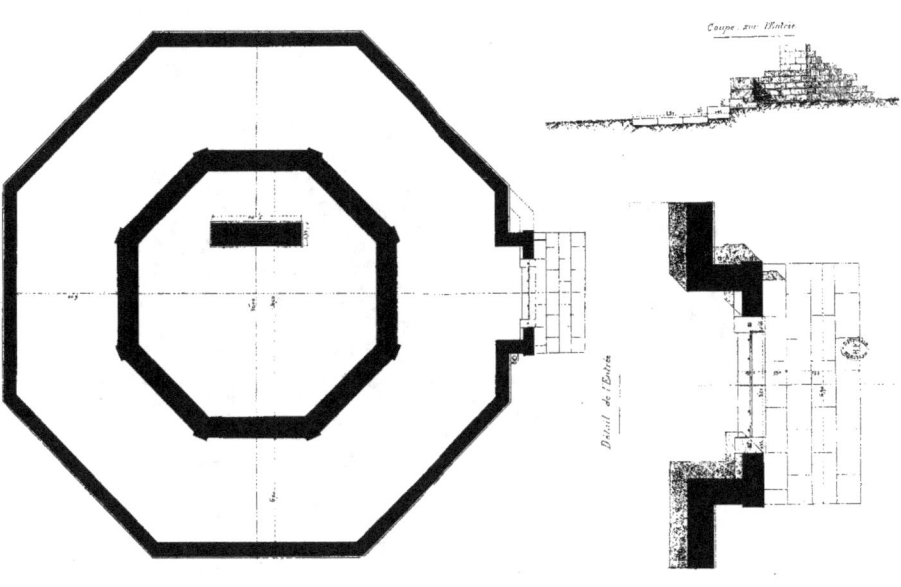

Plan des Fondations du Temple de Hierapel.

Coupe sur l'Entrée.

Détail de l'Entrée.

Le Temple.

Pl. IV.

Pl. V.

La Chapelle.

Pl. VI.

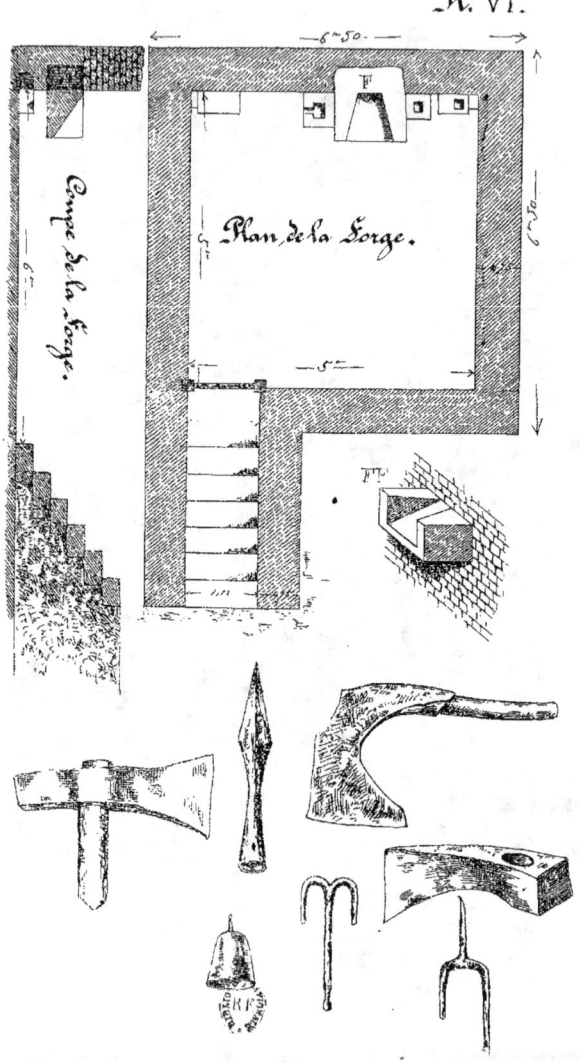

Plan de la Forge.

Coupe de la Forge.

PL. VII

IN·H·DDD·DEAE·LVNAE
M·LIAOIVS·LEVINVS
V · S · L · M ·

IN·H·D·DEO SOLI
M·LIAOIVS·LEVINVS
V · S · L · M ·

NENNIC·ADCENEC·
I·MARIVS·SECVNDVS·
AMANDI·FIL·
V · S · L · M

Pl. IX

502

503

504

505

506

507

508

509

510

511

165

178

166

hauteur 0.32

Pl. X.

hauteur 0.31

172

185

183

hauteur 0.33

hauteur 0.33

hauteur 0.43

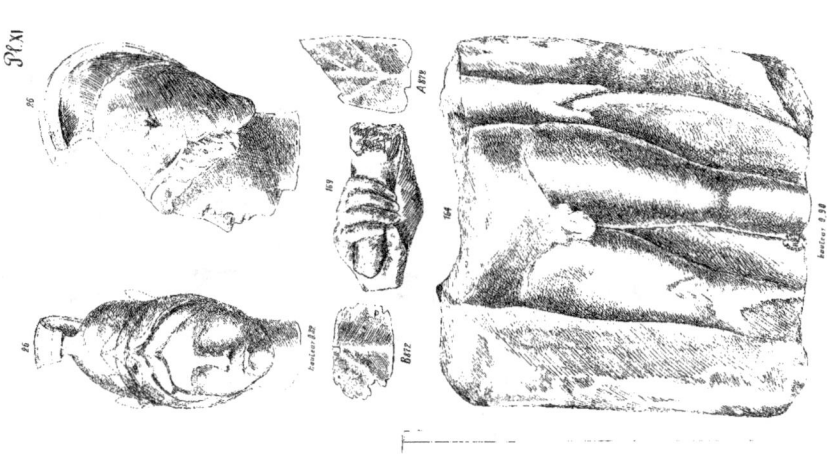

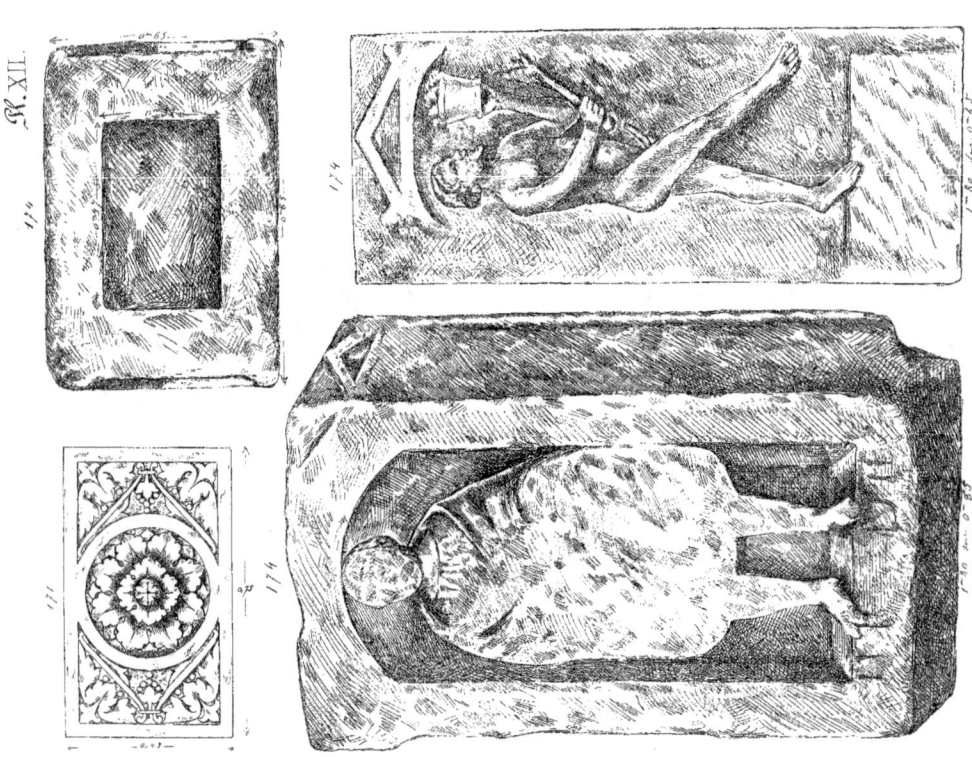

Pl. XII.

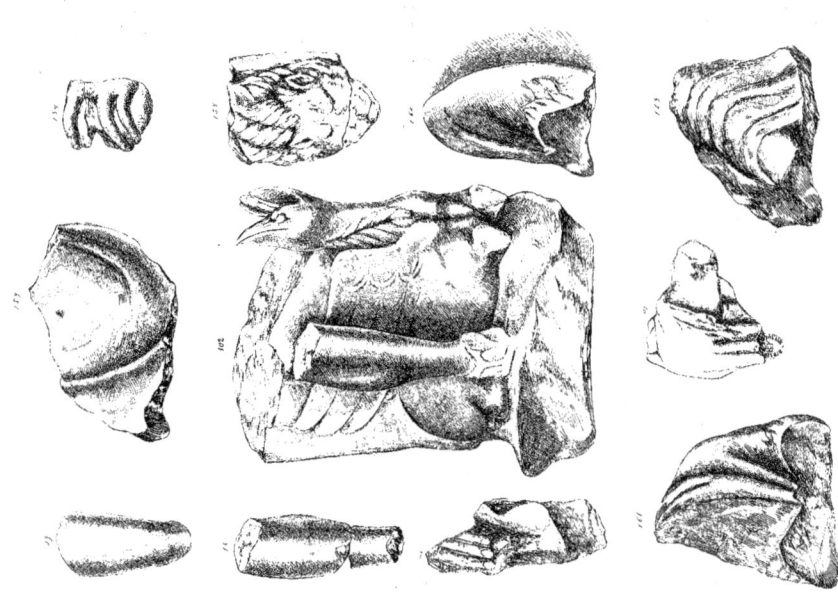

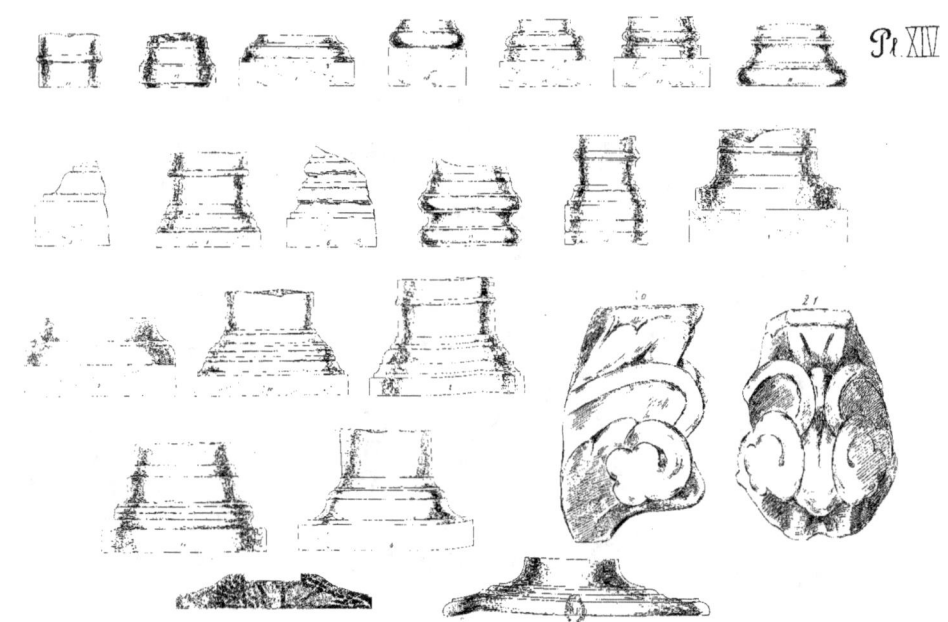

Pl. XIV

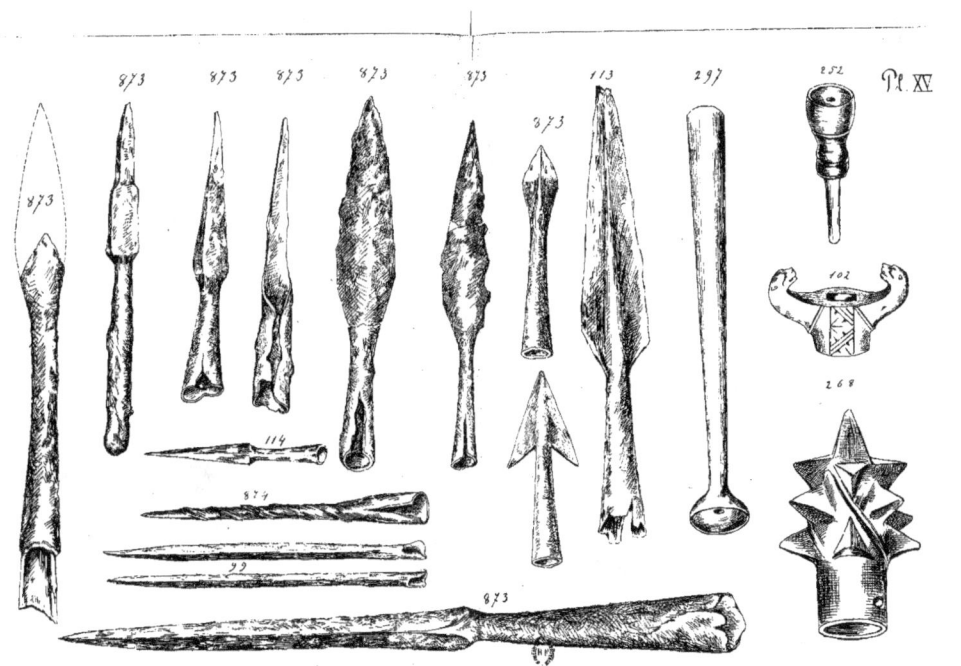

Pl. XV

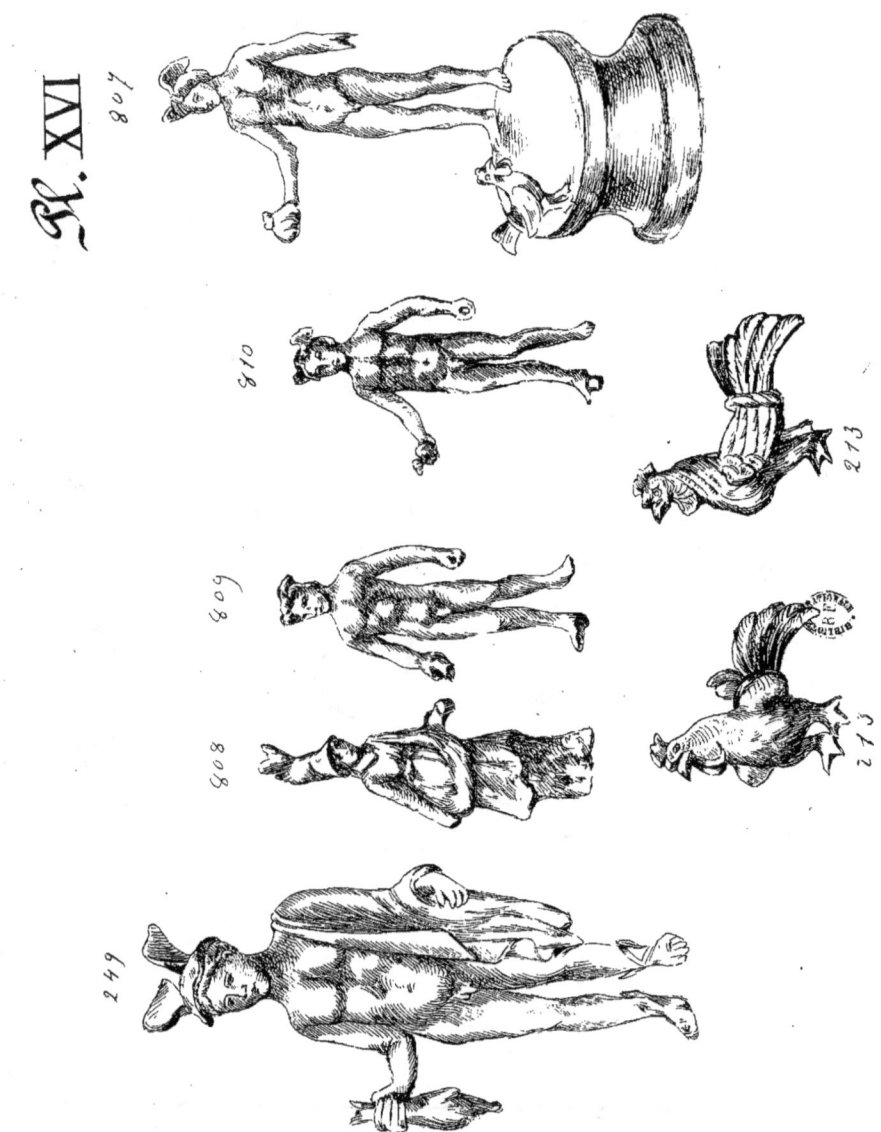

Pl. XXI.

Pl. XVII

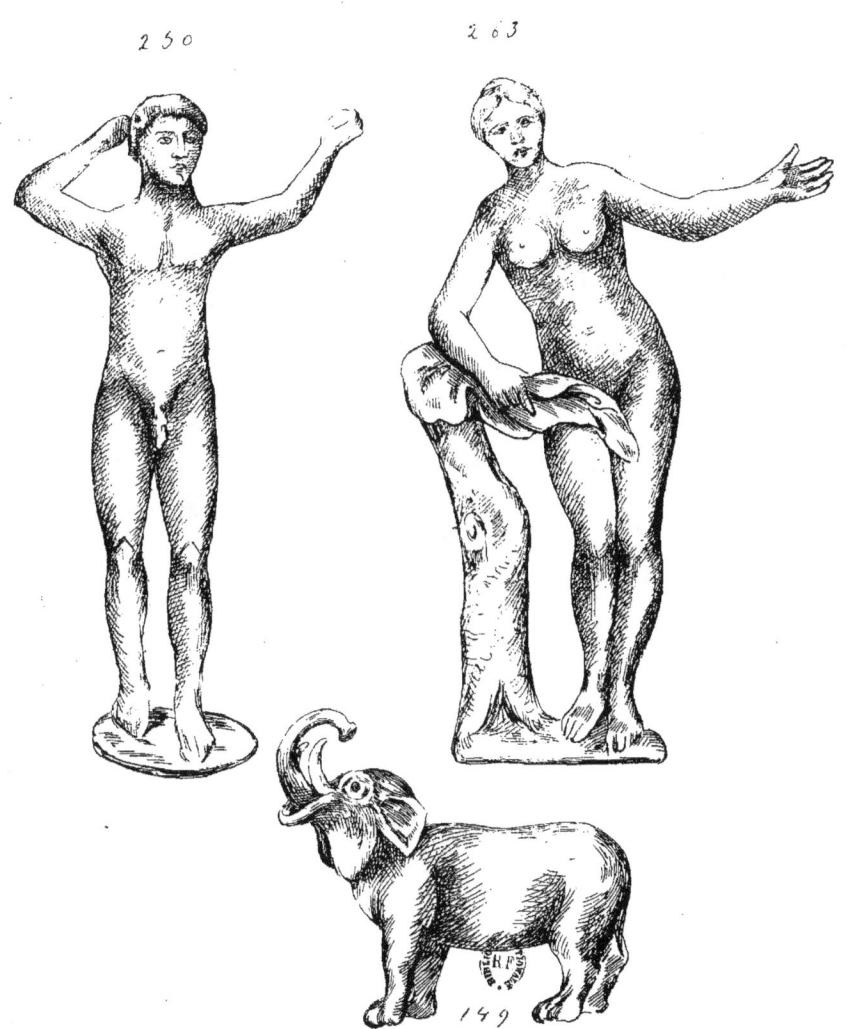

250

263

149

Pl. XVII. bis.

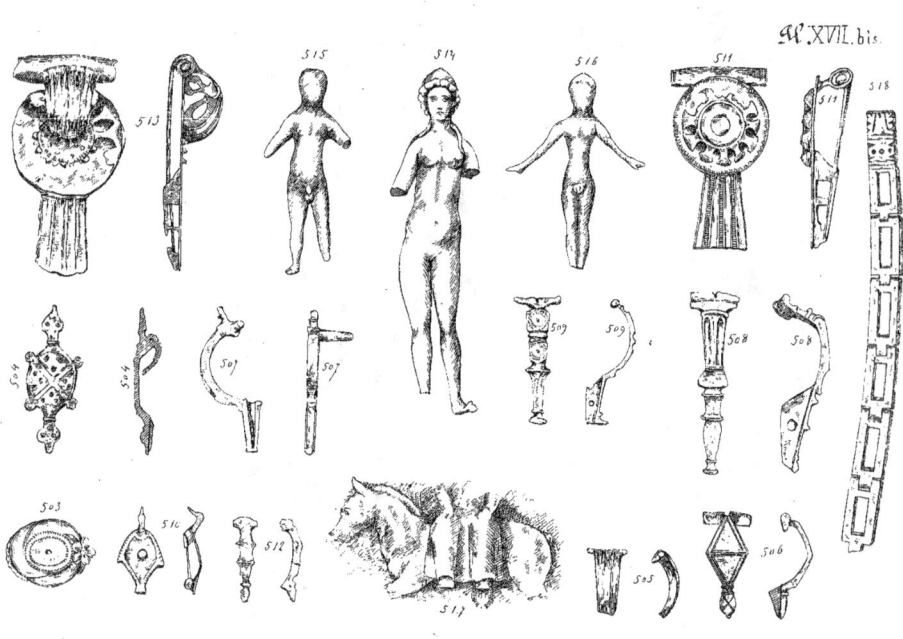

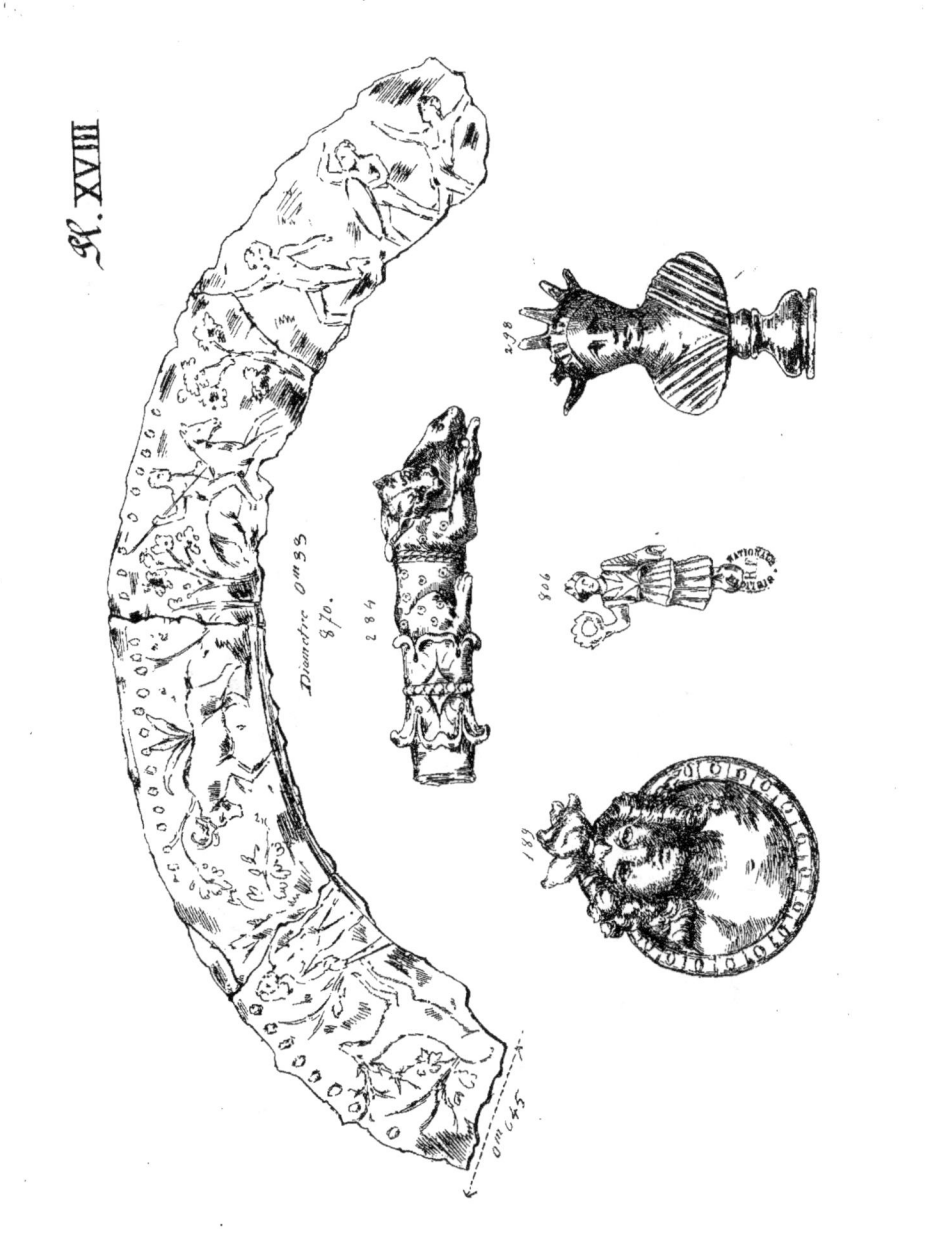

Pl. XVIII

Diamètre 0ᵐ55.
8⁄70.

2.88

2.84

806

NATIONALE
MUSEE

189

0ᵐ645

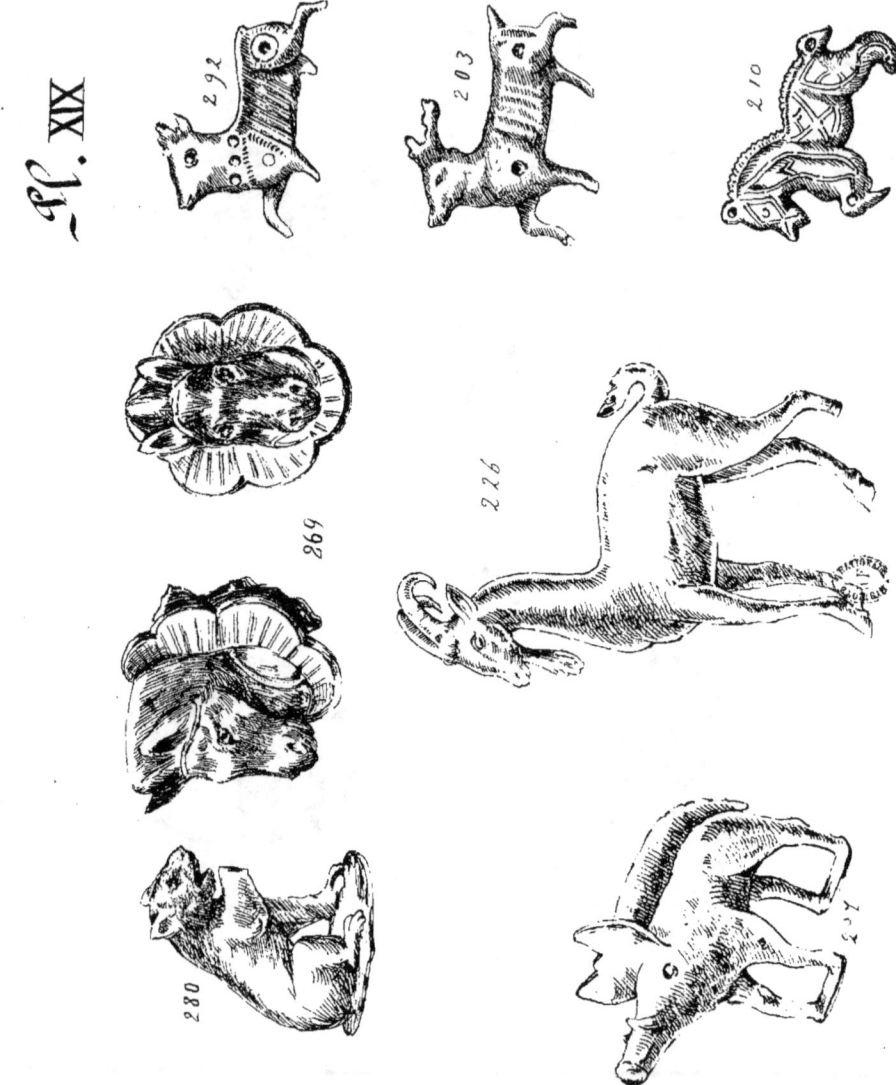

Pl. XIX

Pl. XX.

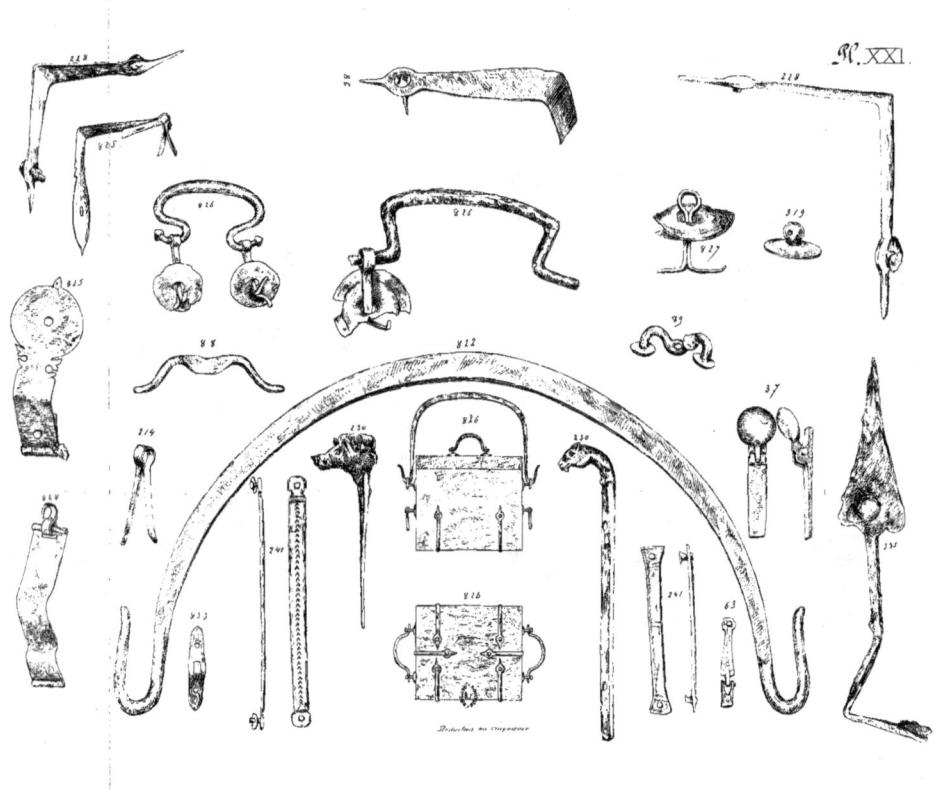

Pl. XXI.

Pl. XXII

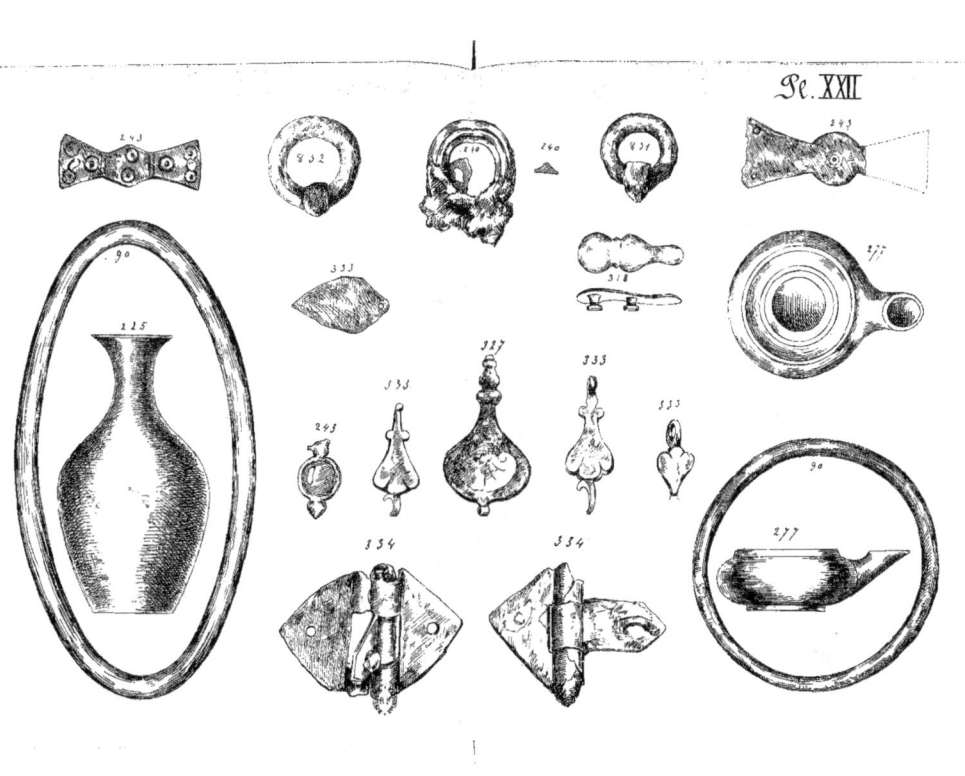

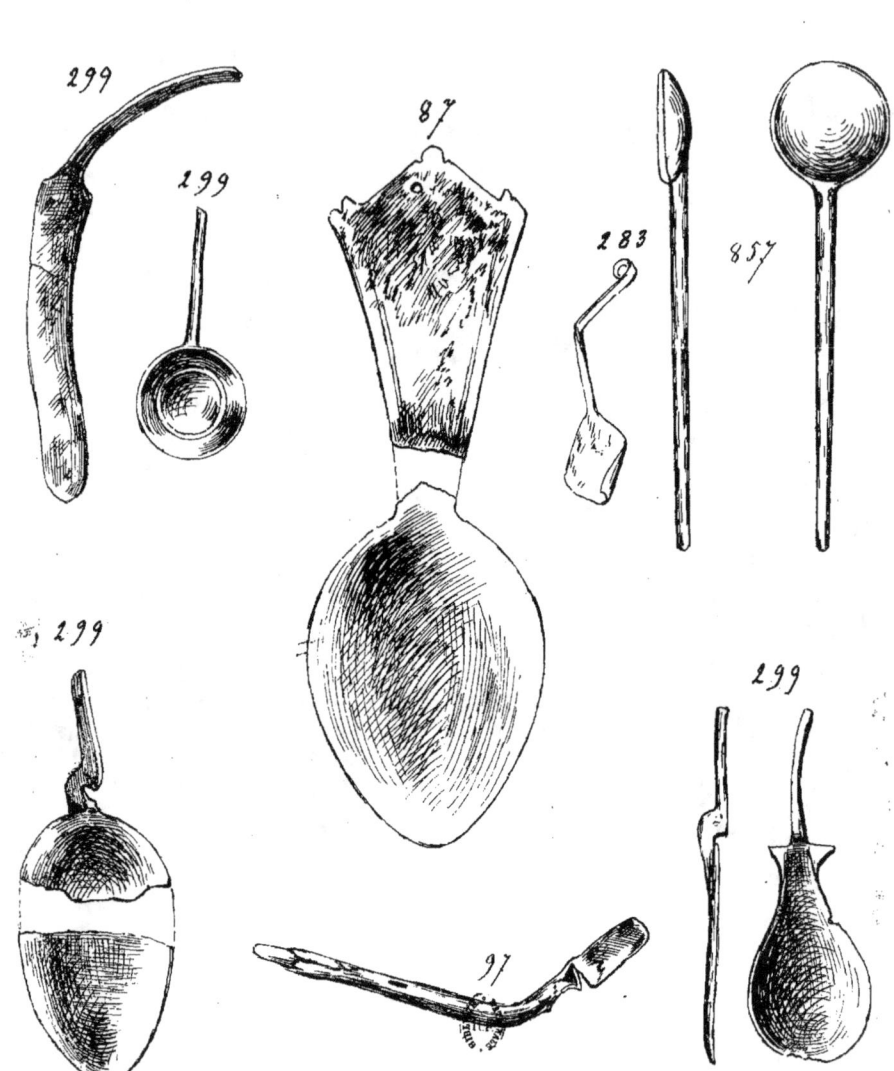

Pl. XXIII

299

299

87

283

857

299

97

299

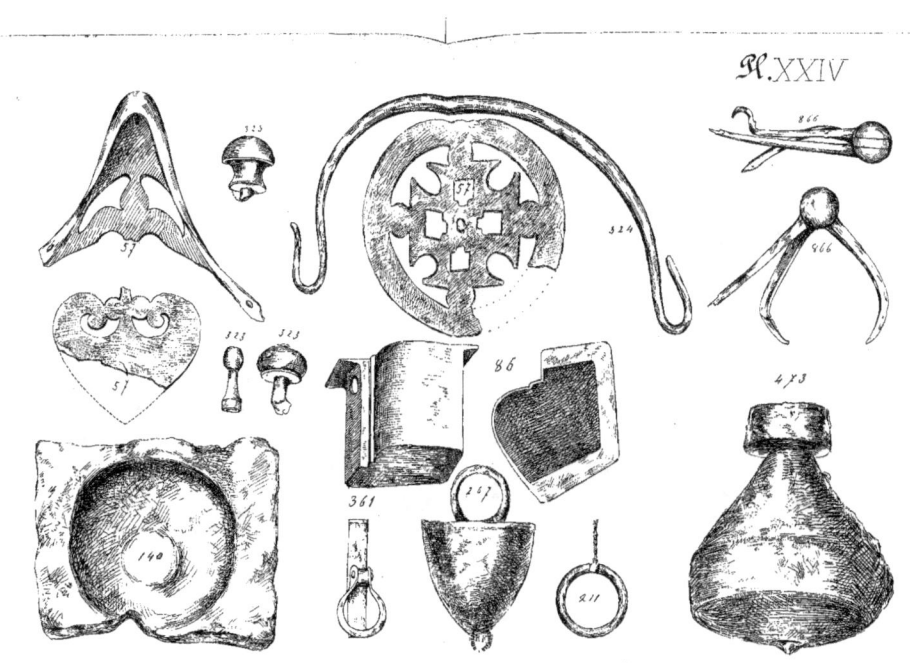

Pl. XXIV

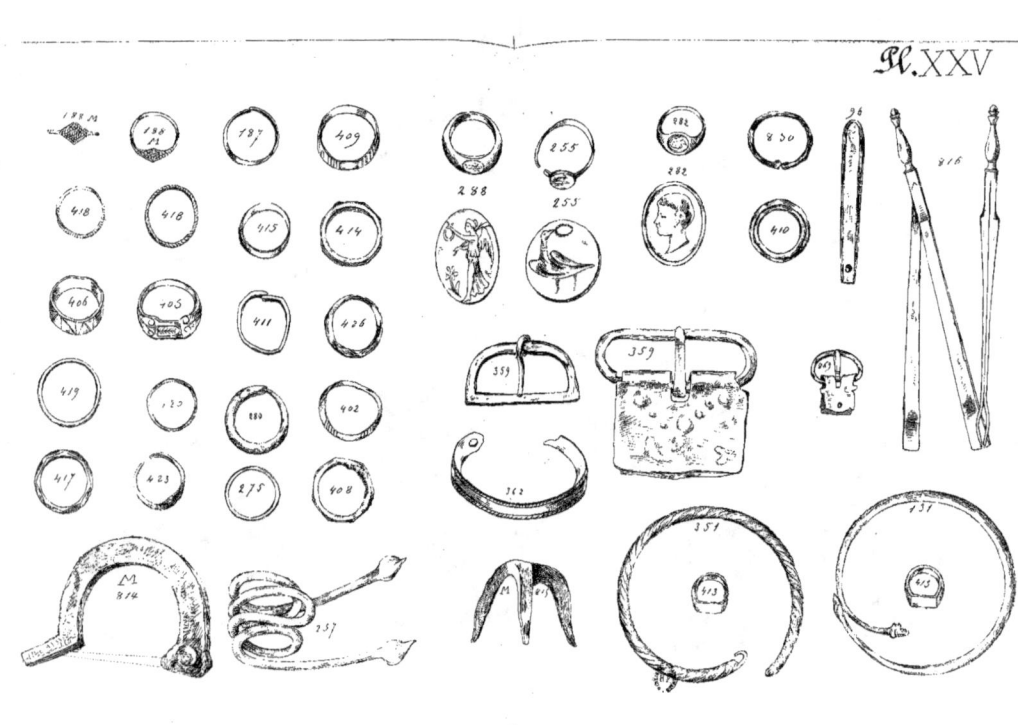

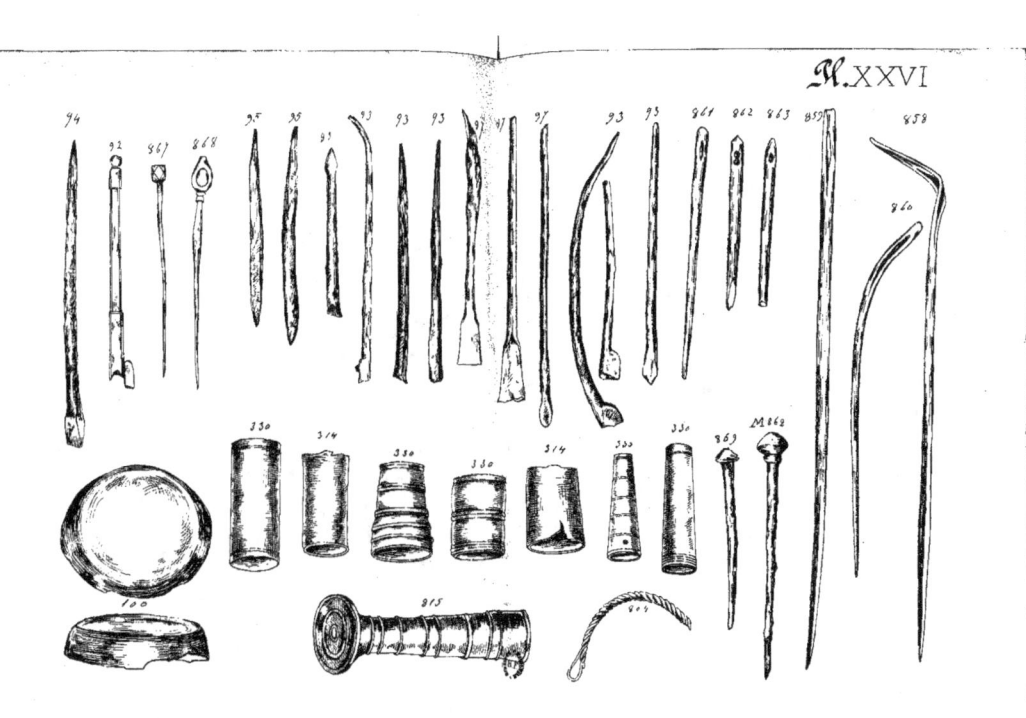

Pl. XXVII

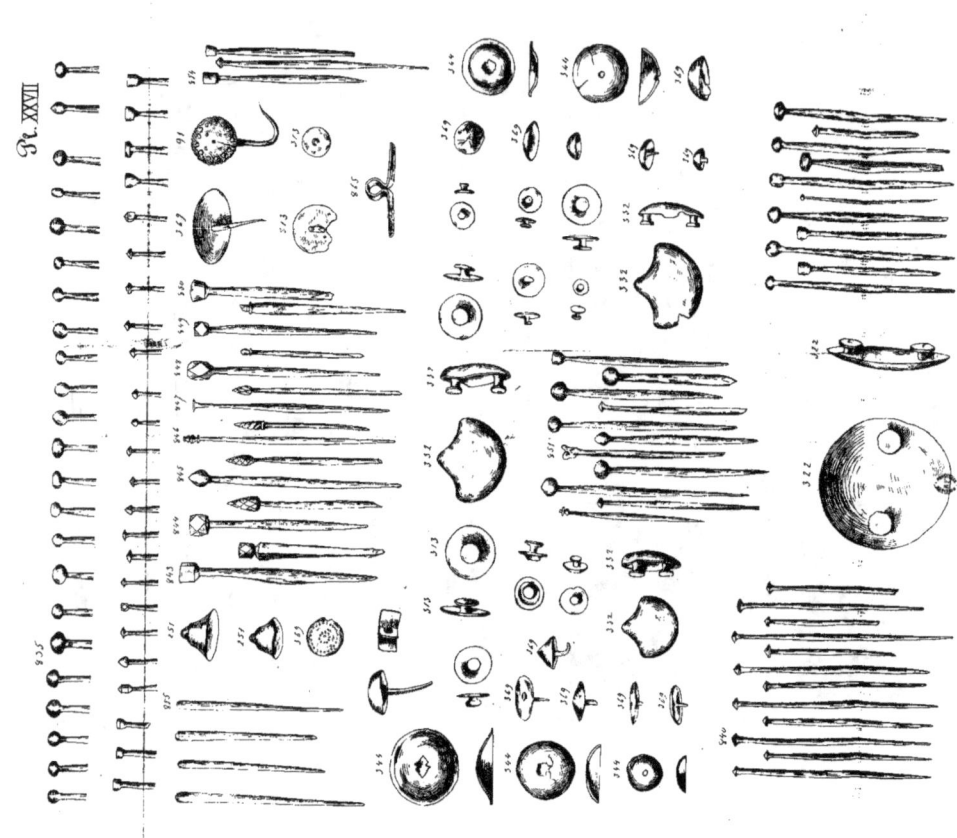

Pl. XXVIII.

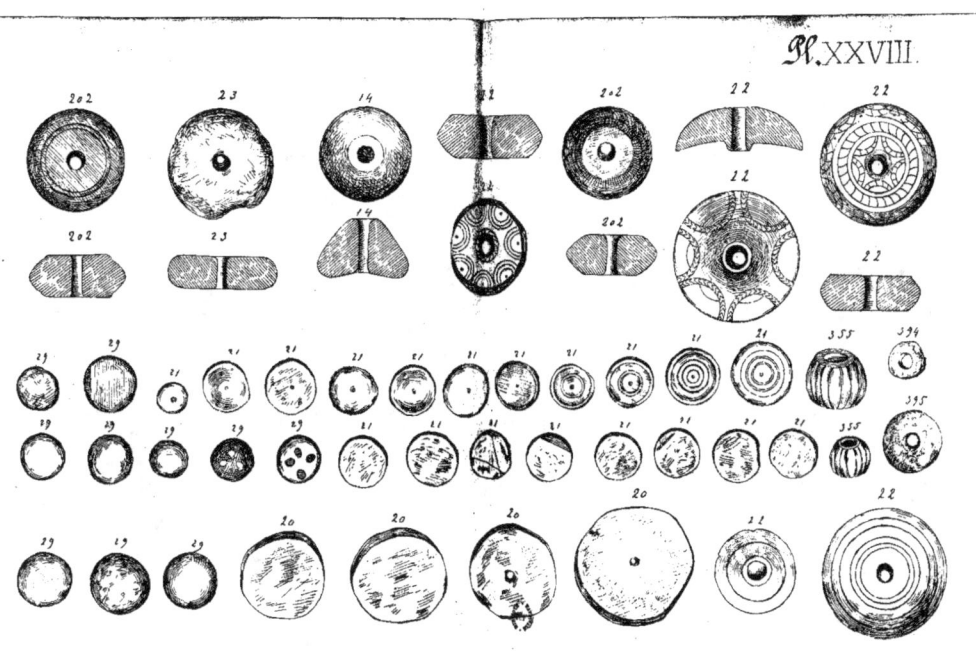

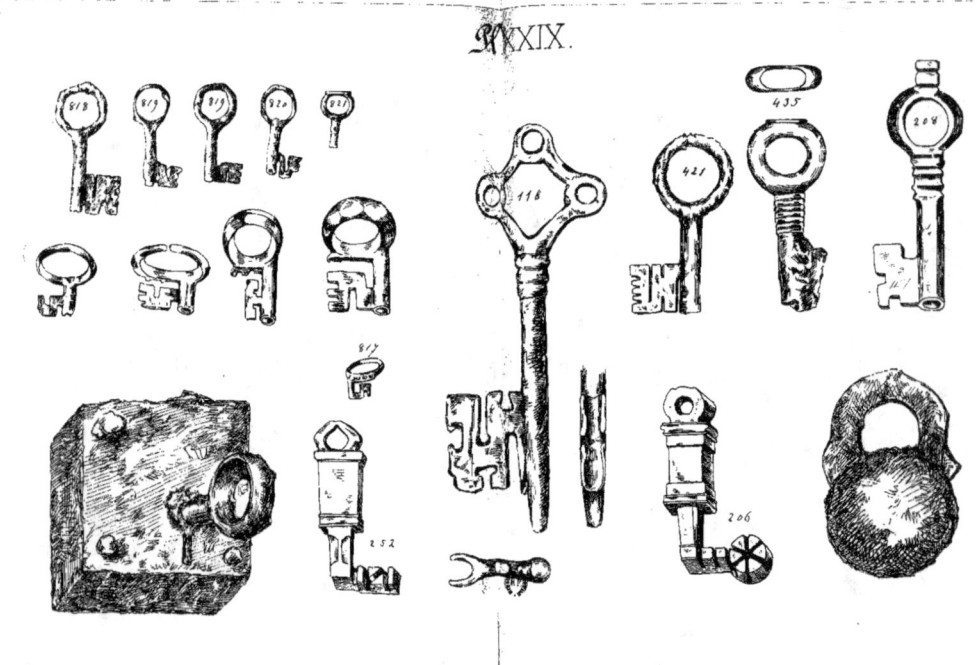

XXXIX.

Pl. XXX.

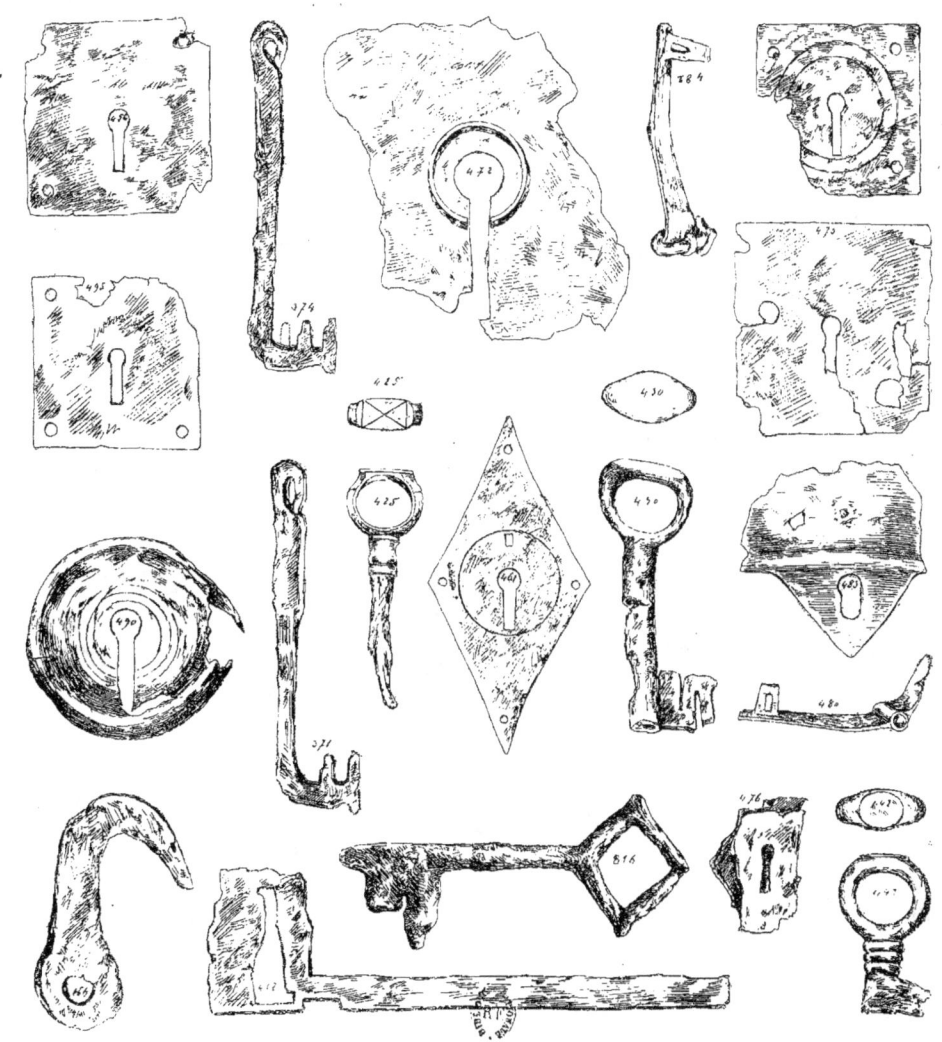

Pl. XXXI.

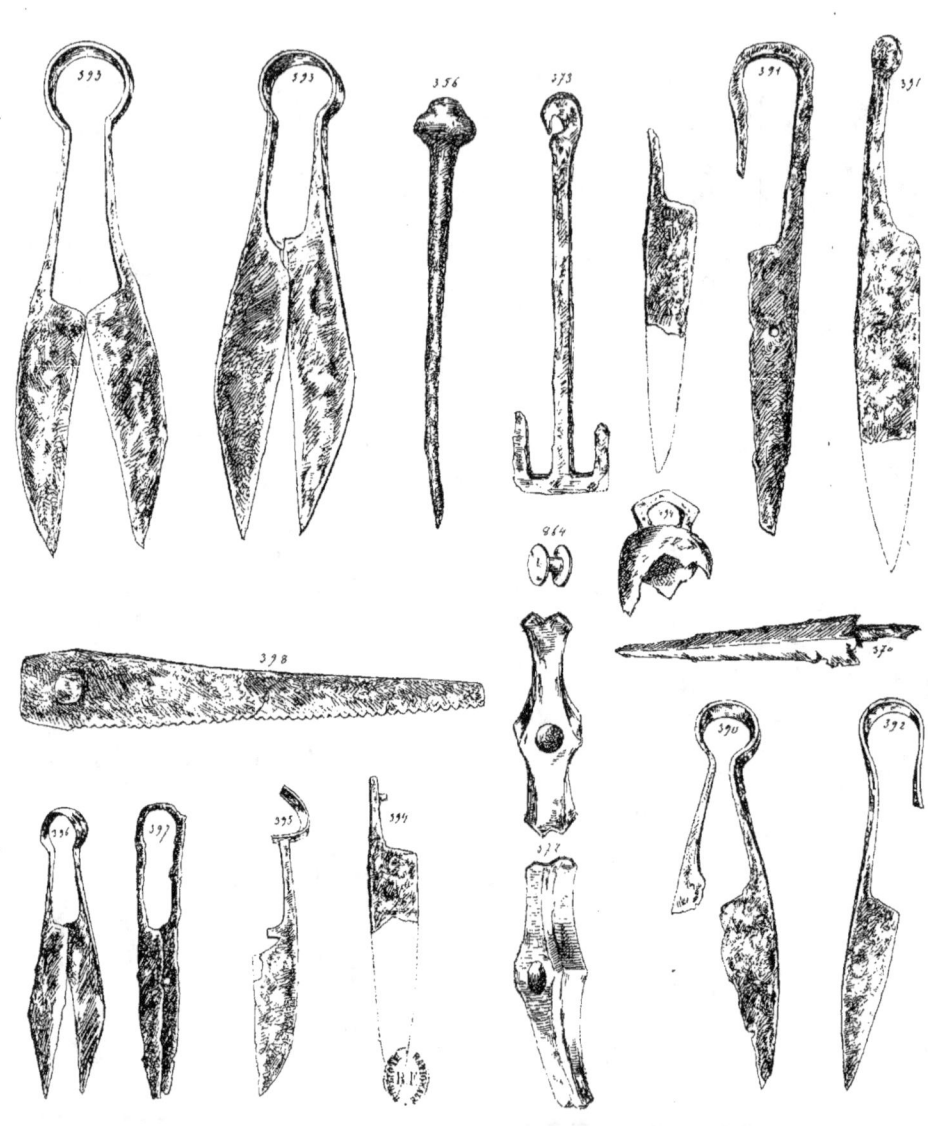

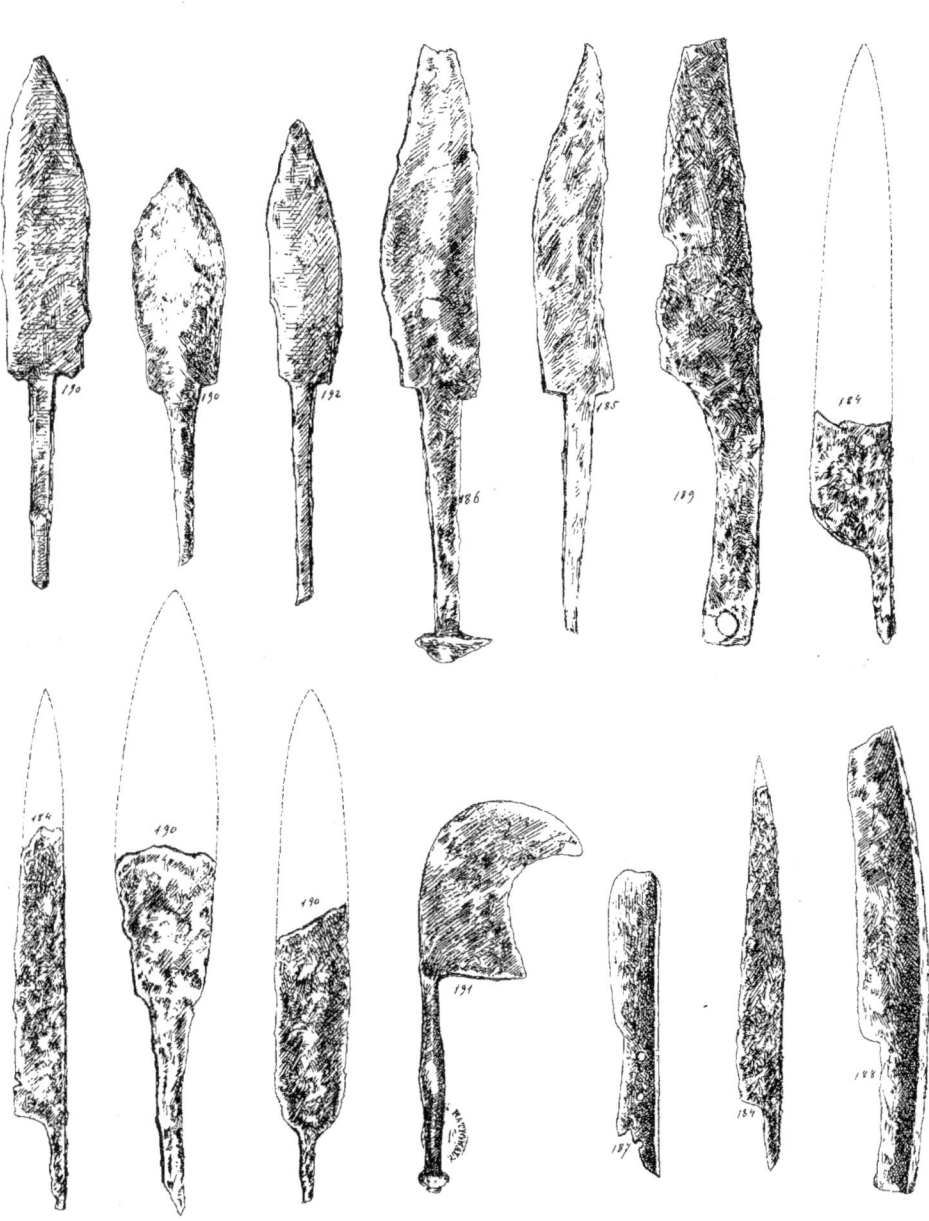

Pl. XXXII.

Pl. XXXIII

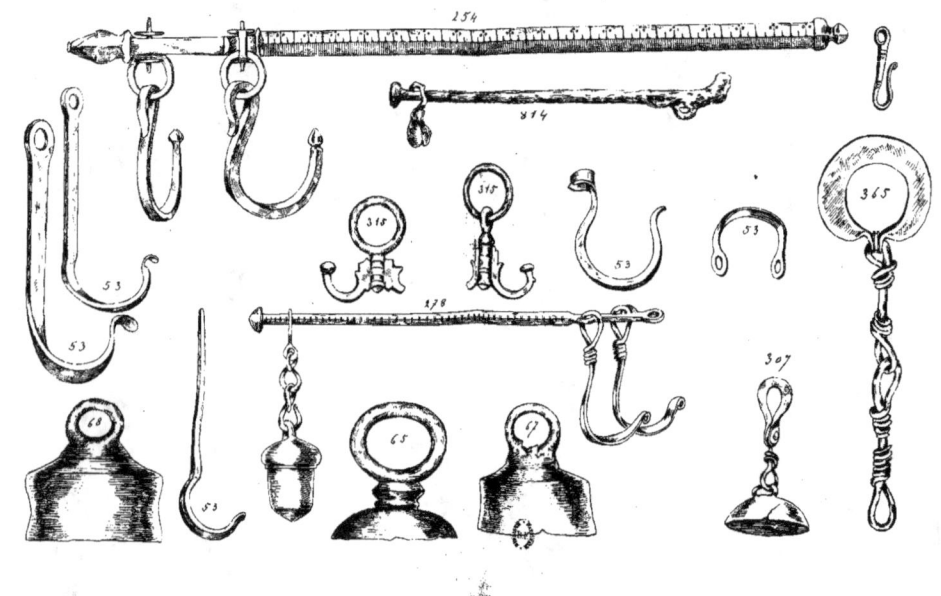

Pl. XXXIV.

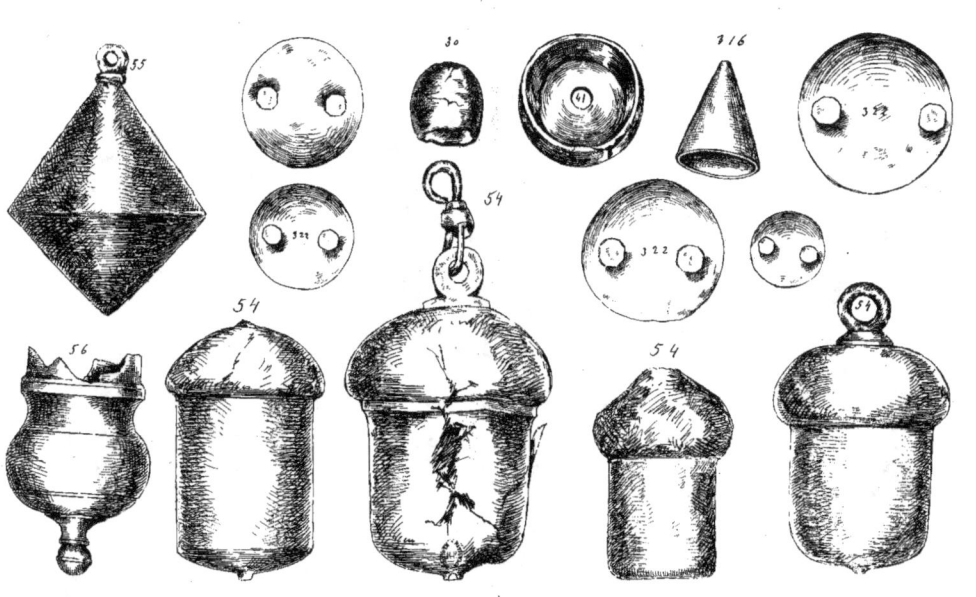

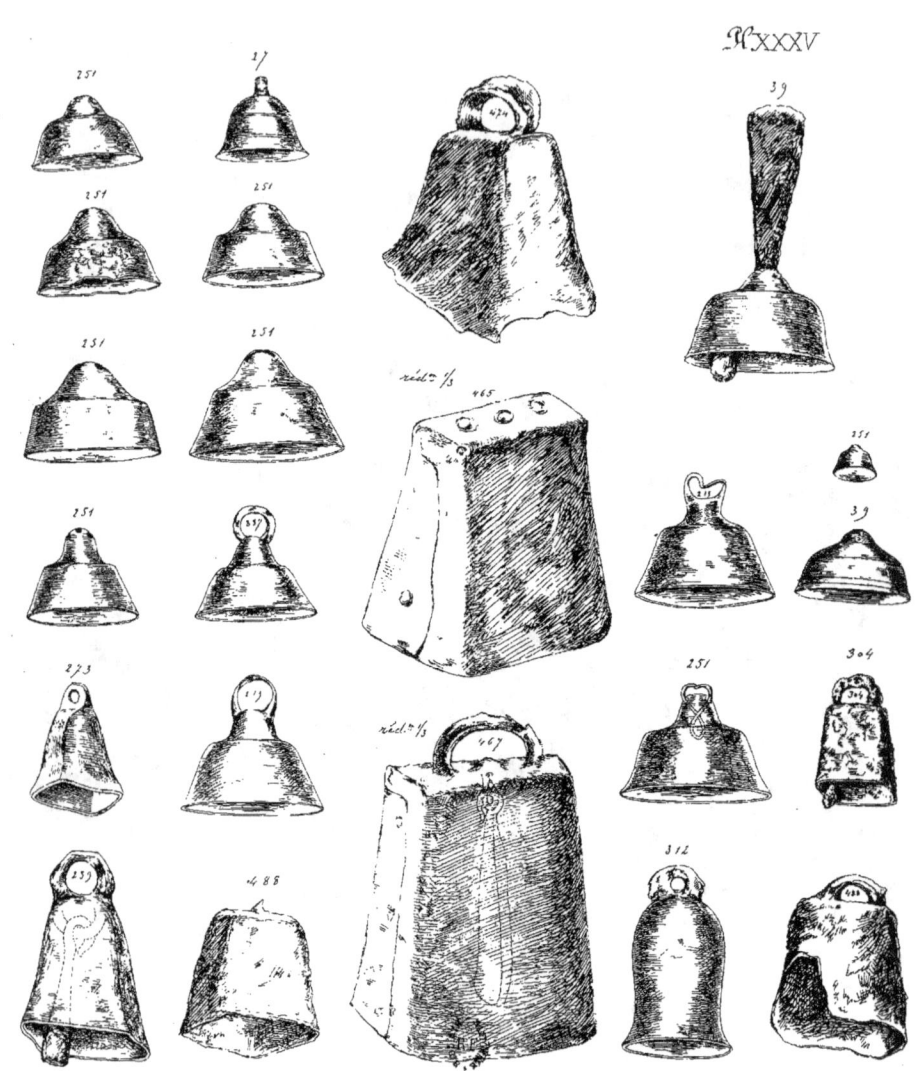

Pl. XXXVI.

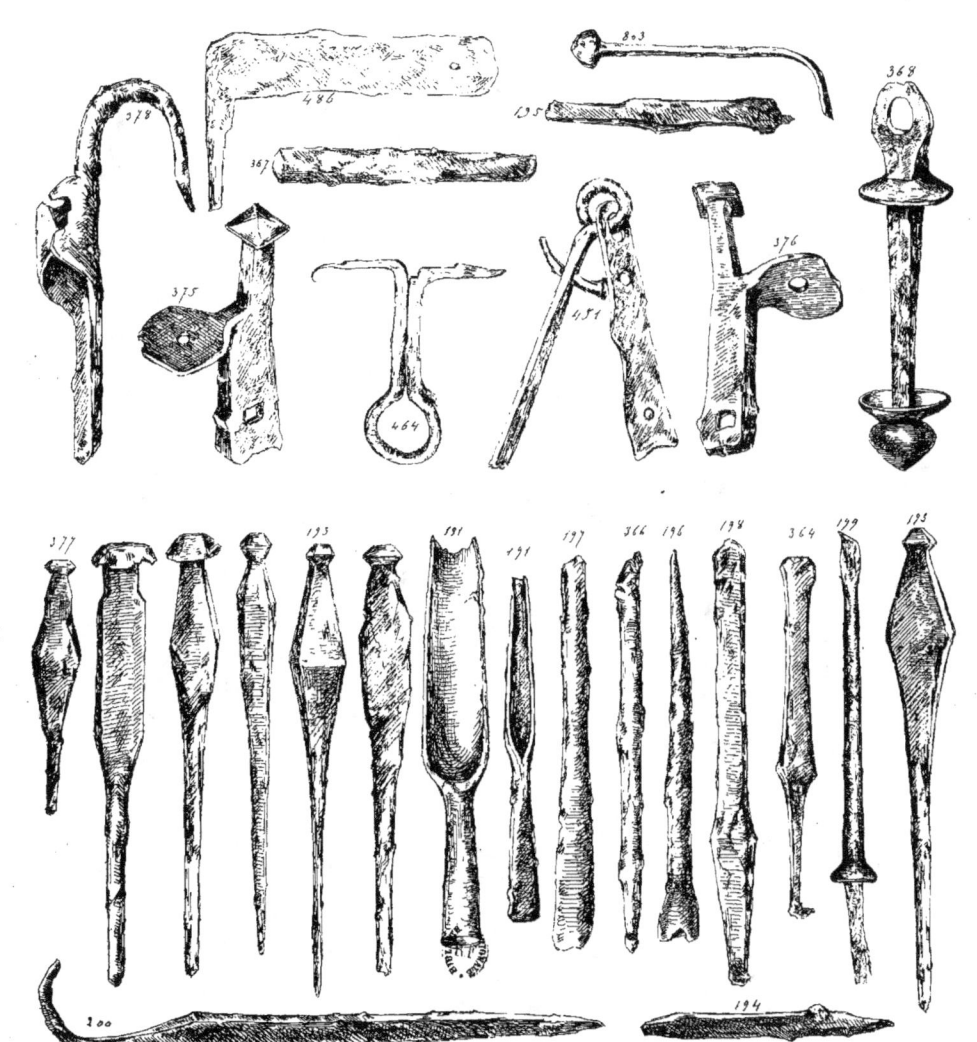

Pl. XXXVII.

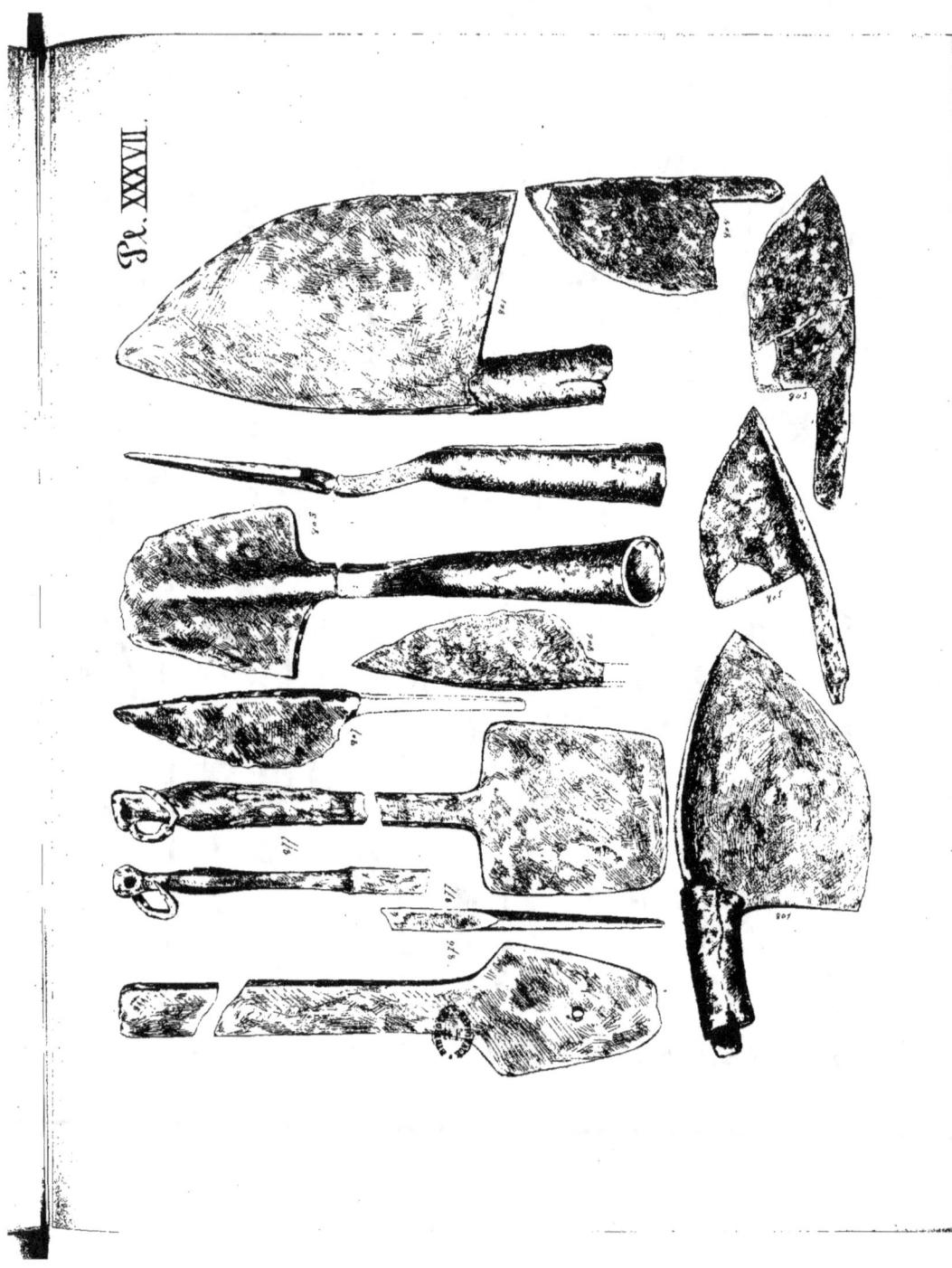

Pl. XXXVIII.

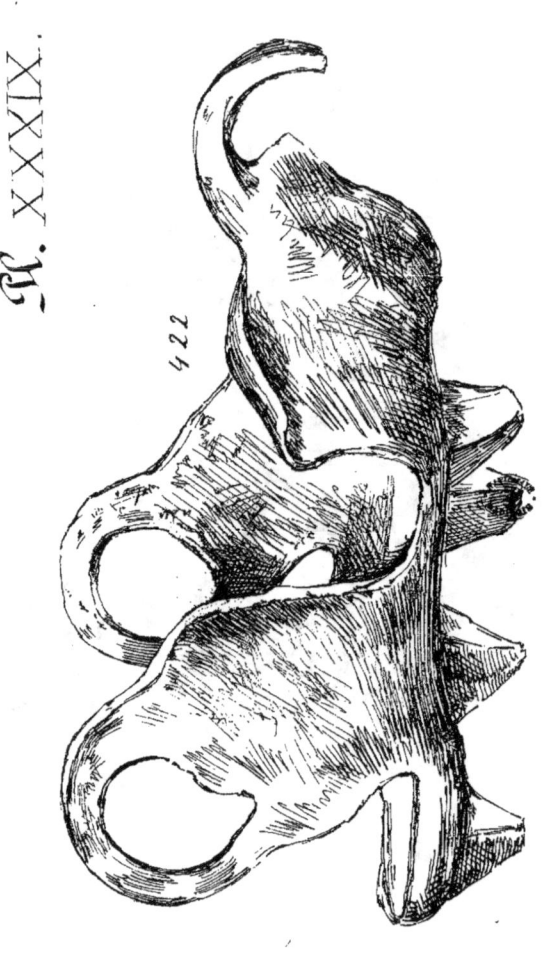

R. XXXXIX.

422

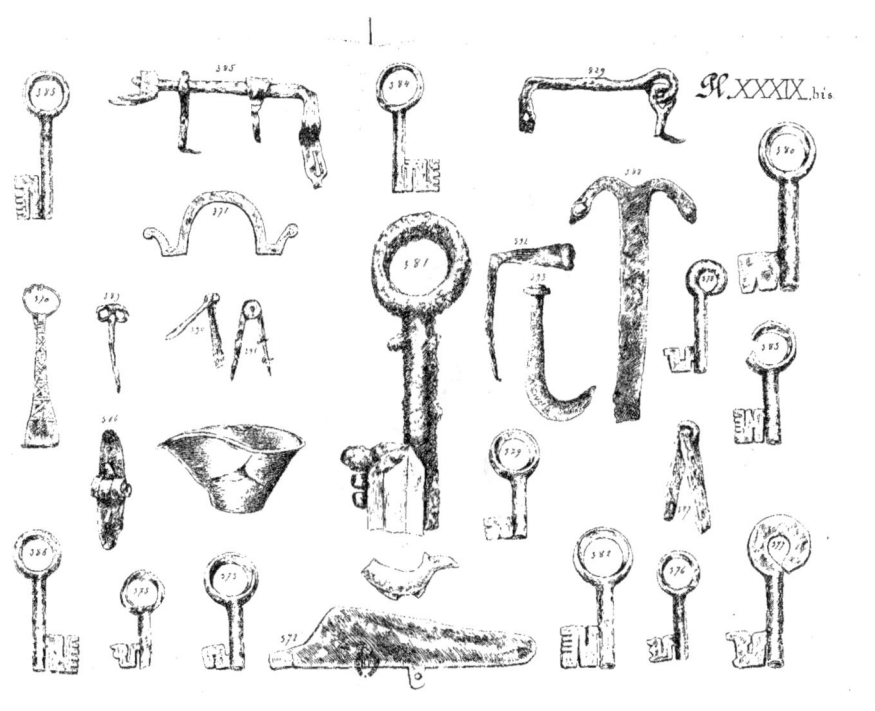

N. XXXIX bis.

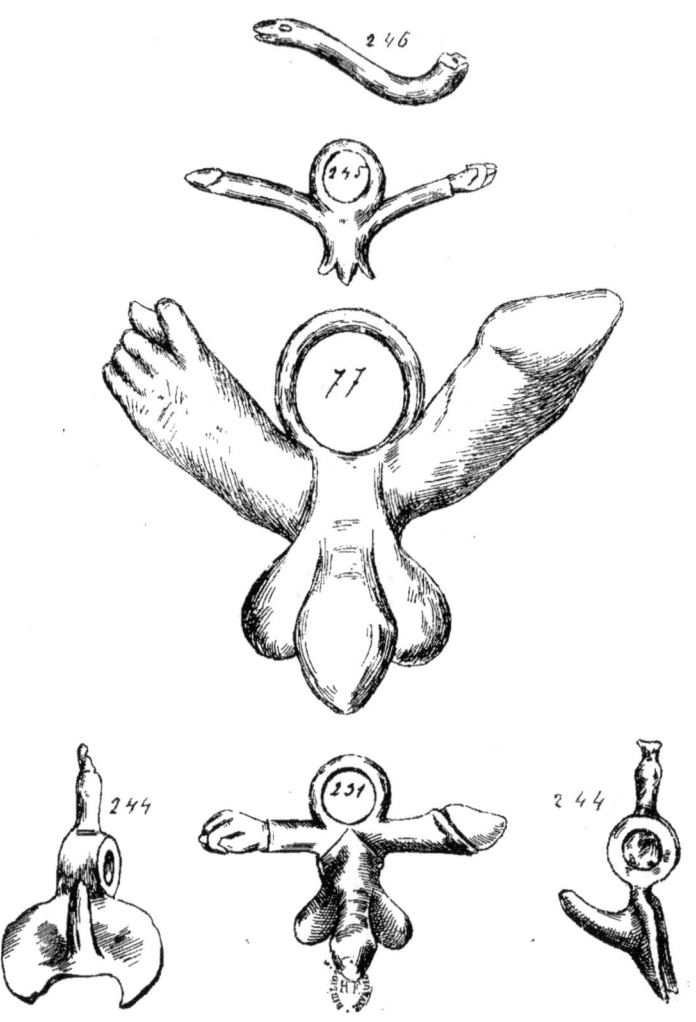

Pl. XL.

Pl. XLI.

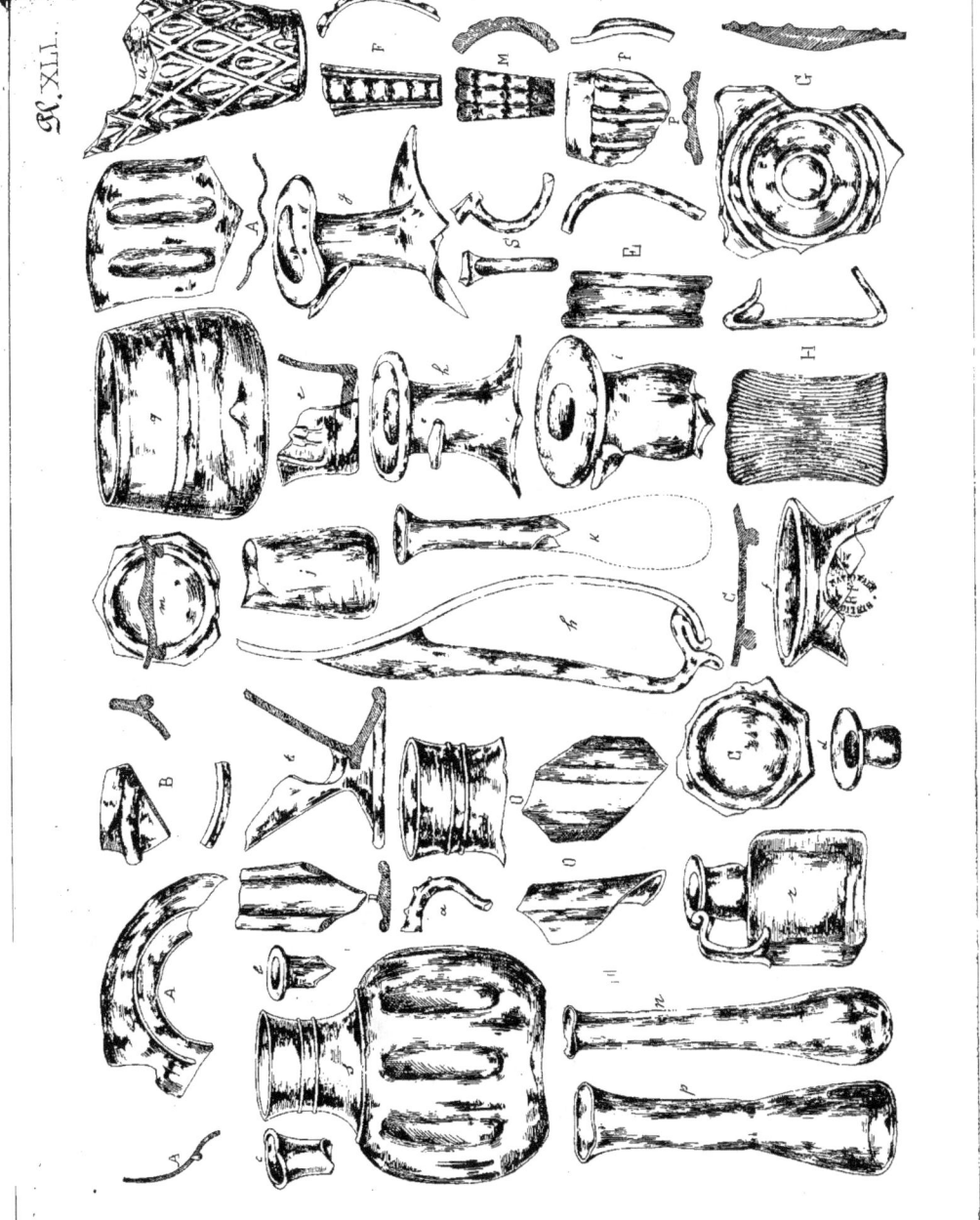

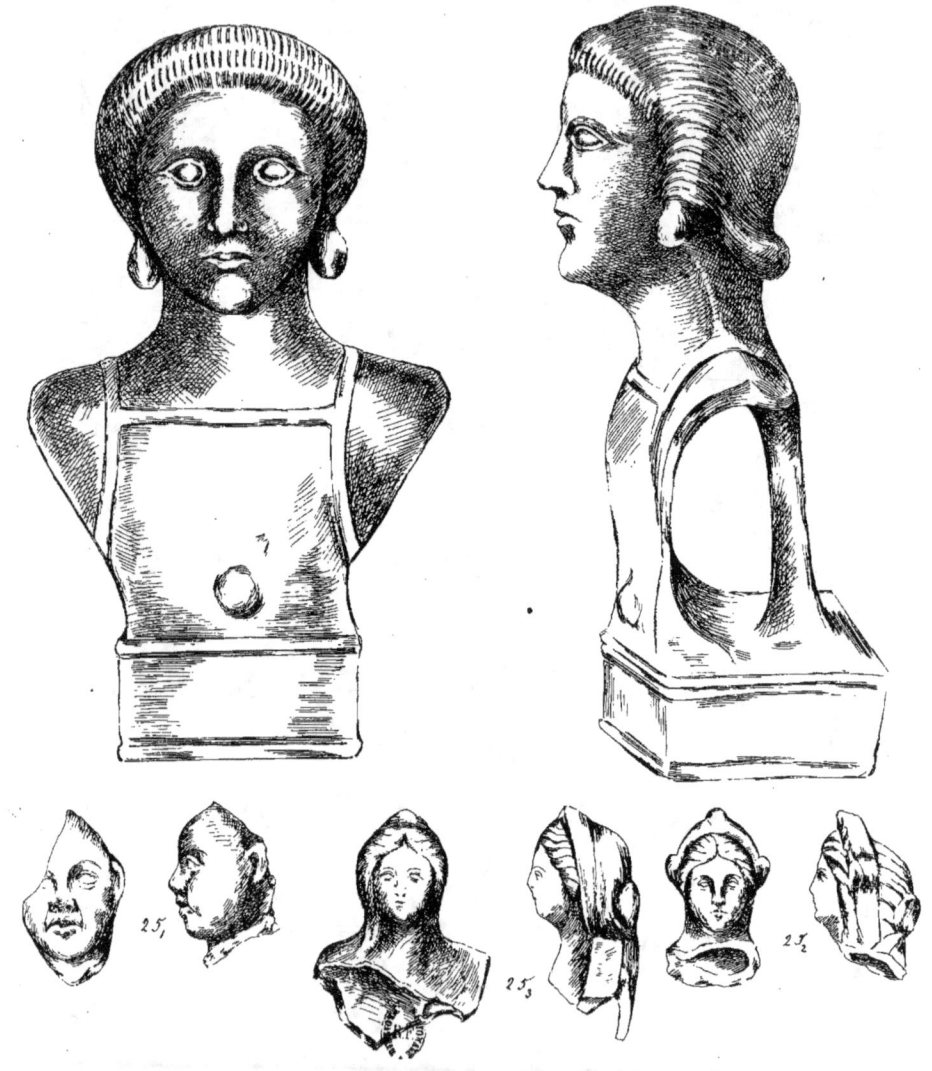

Pl. XLIII

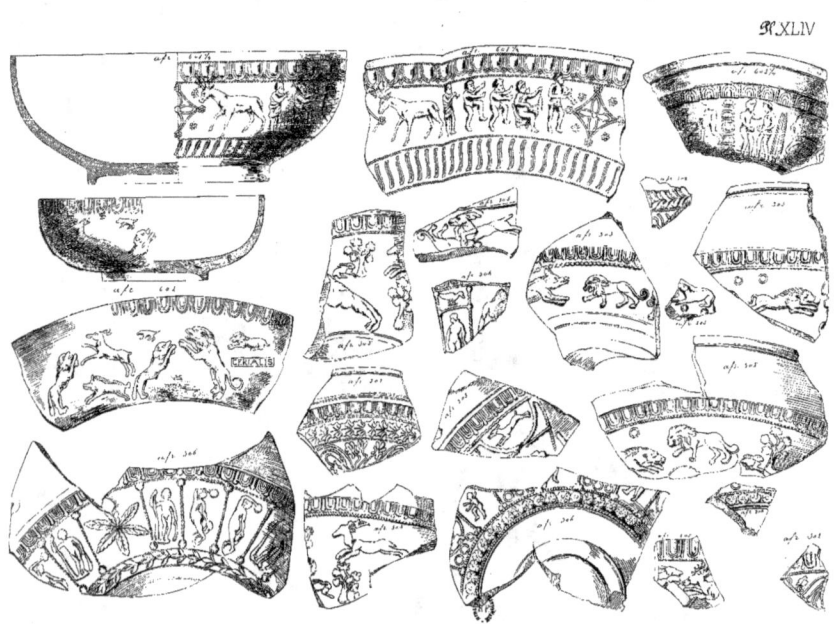

Pl. XLV

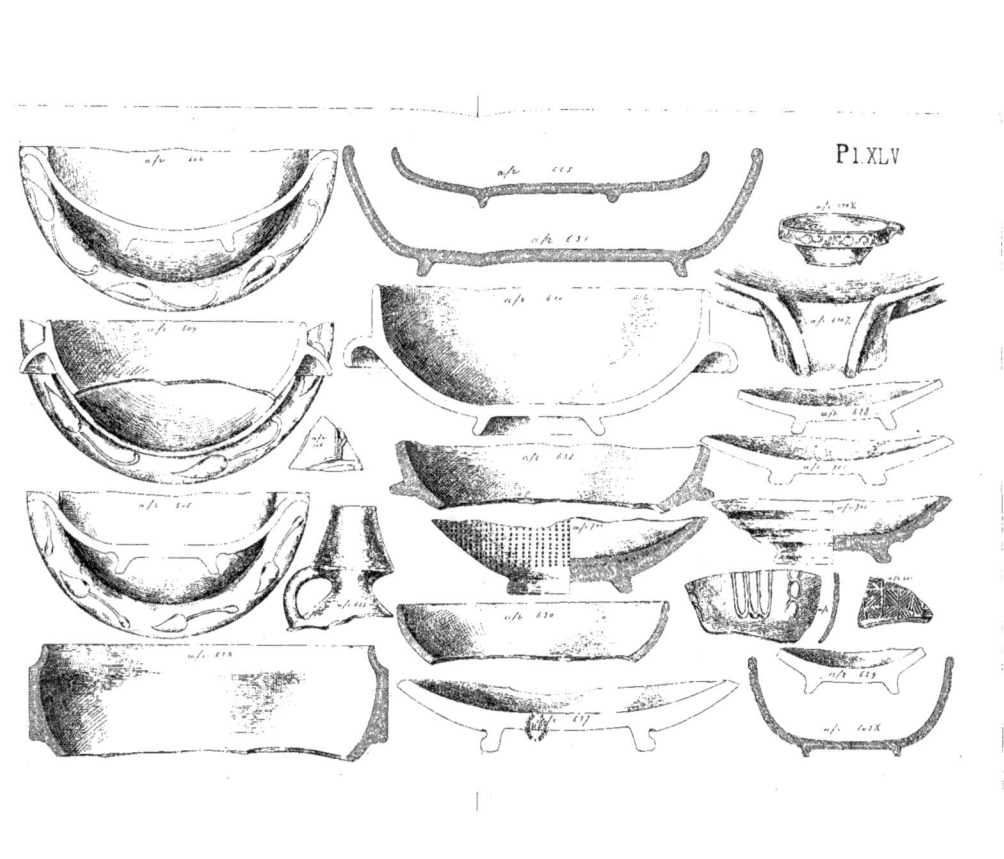

Pl. XLVI

Pl. XLVII.

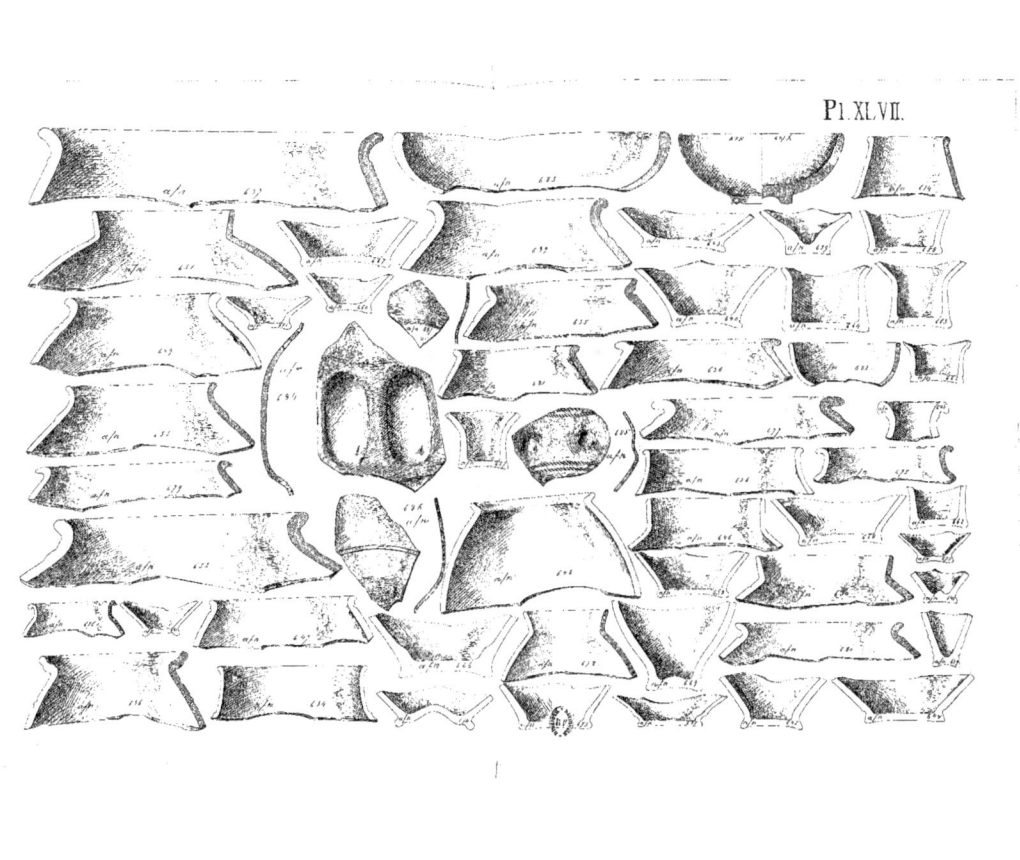

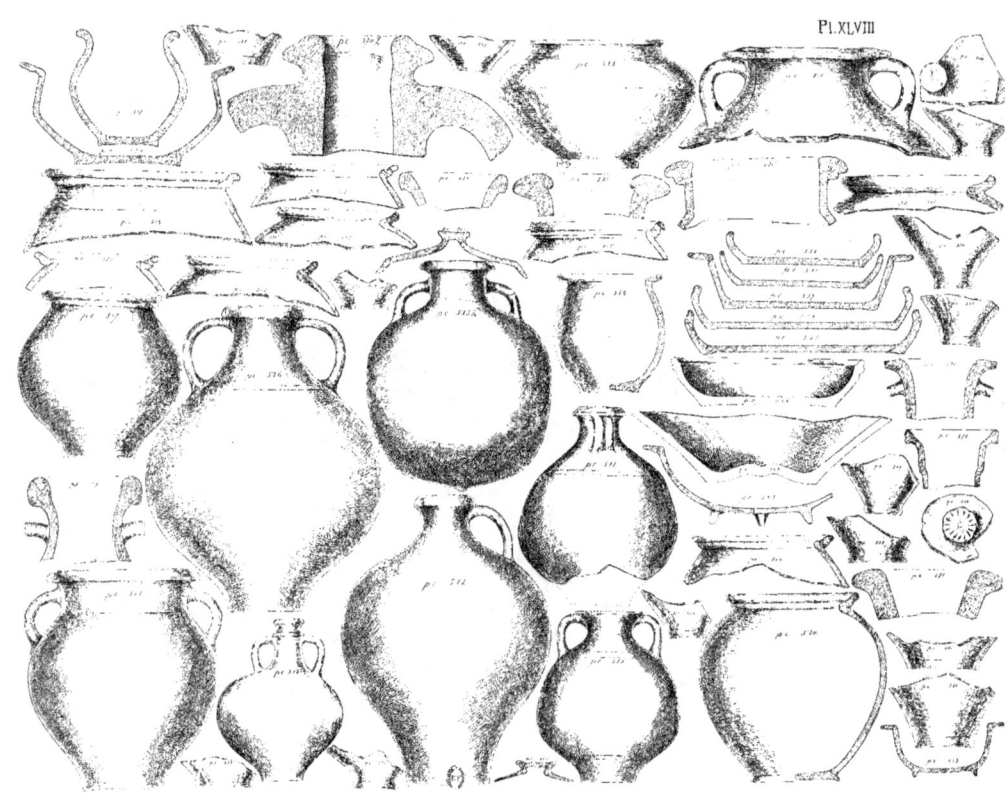

Pl. XLIX

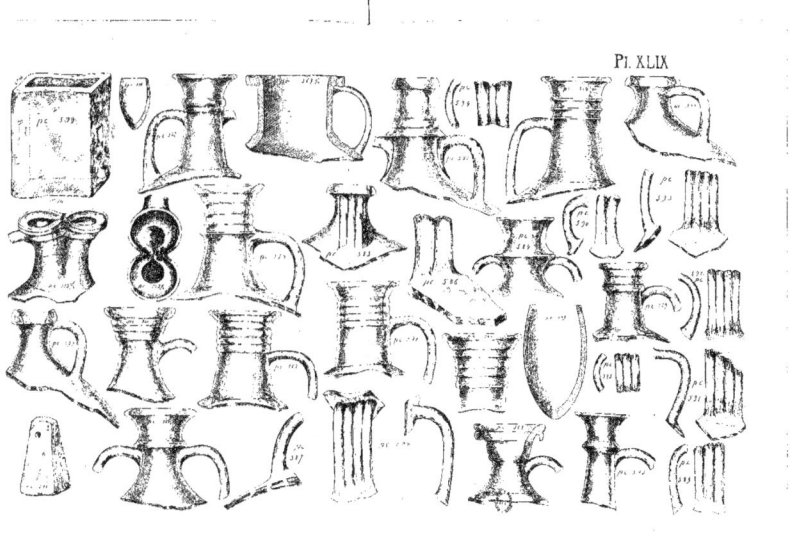

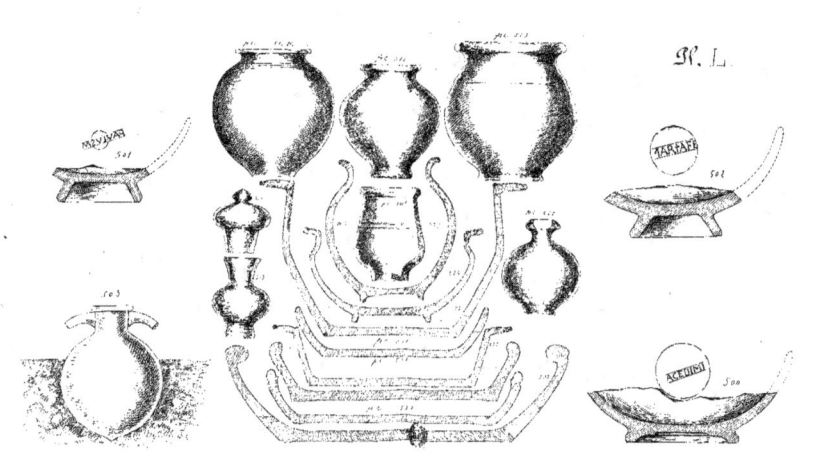

Pl. LI

Pl. LII

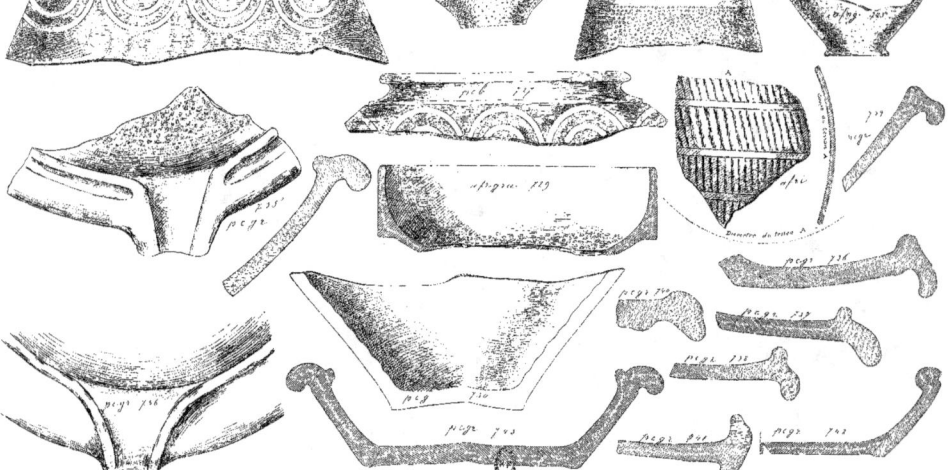
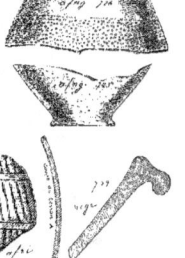

Pl. LIII

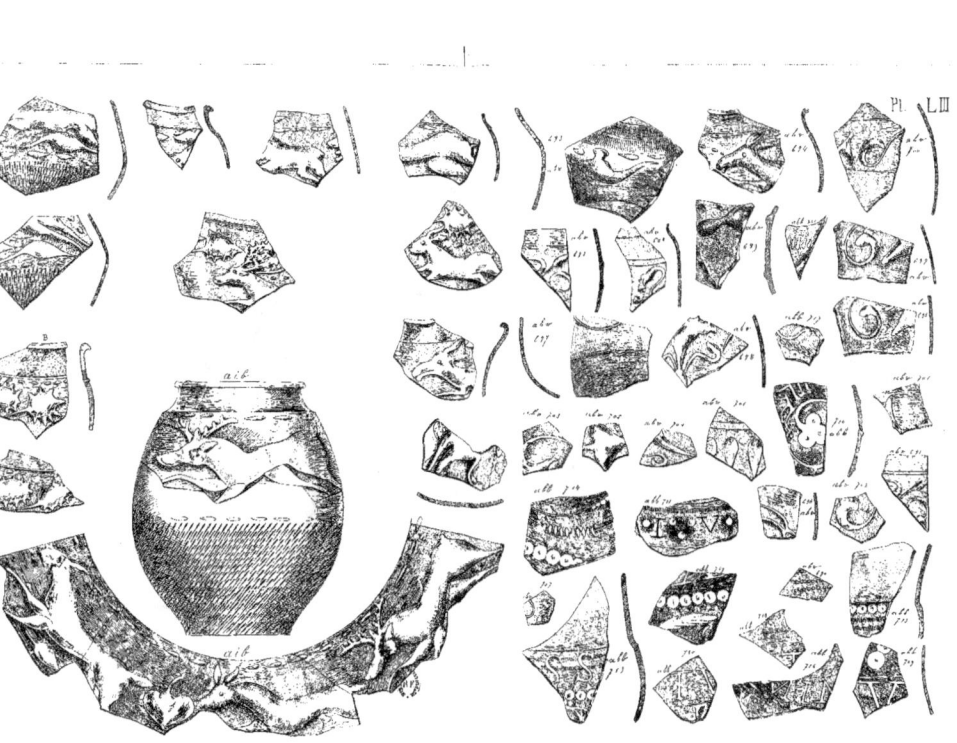

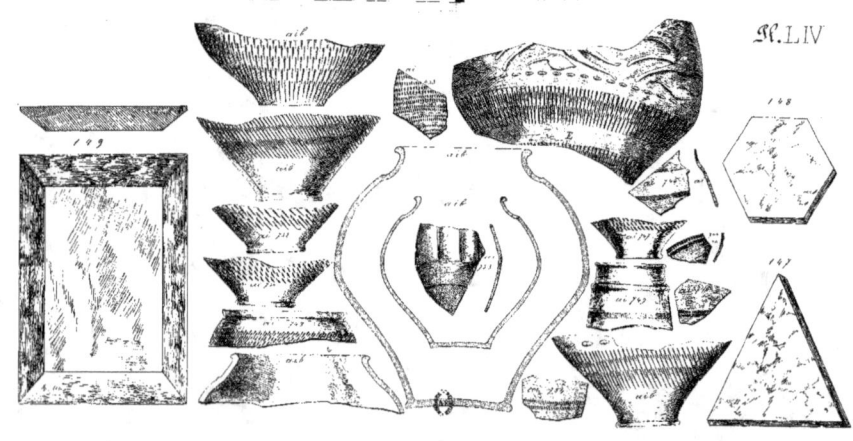

HÉRAPLE.

MERCURE PORTANT BACCHUS ENFANT.

MAÇONNERIE DE LA 2ᵉ PÉRIODE DU HÉRAPLE

HÉRAPEL — REMPARTS DE L'EST.

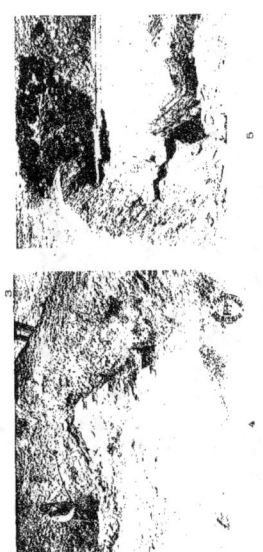

HÉRAPEL — REMPARTS DE L'EST

6

7

8

9

10

11

HÉRAPEL — REMPARTS DE L'EST.

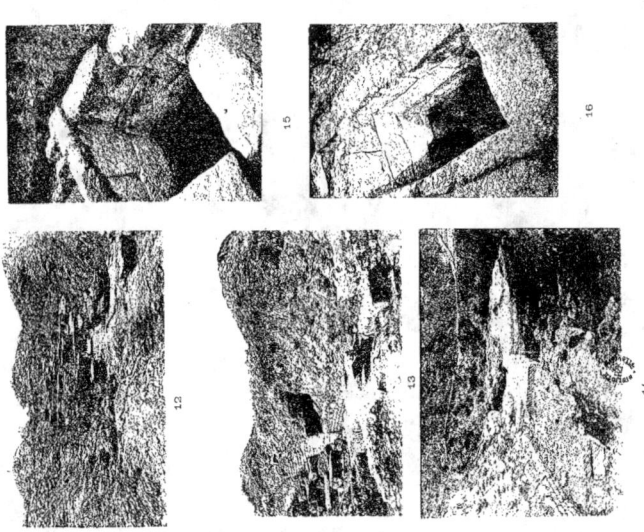

HÉRAPEL

REMPARTS DU NORD-EST.

REMPARTS DE L'EST

20

21

17

18

19

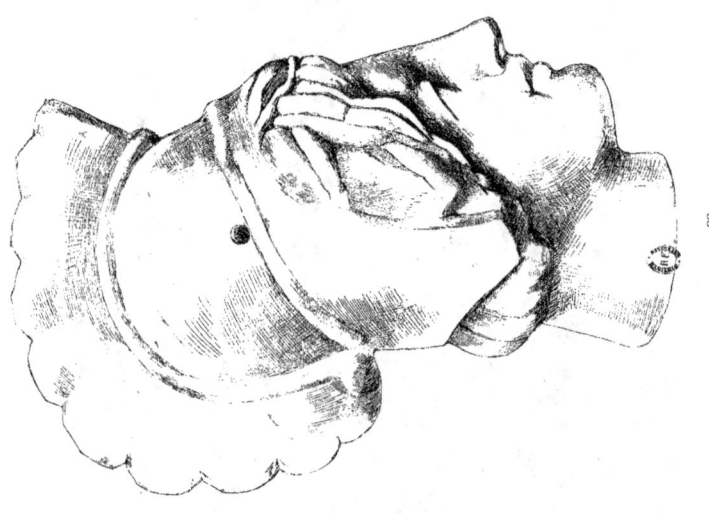

HERAPEL — REMPARTS DE L'EST

22

HERAPEL — REMPARTS DE L'EST.

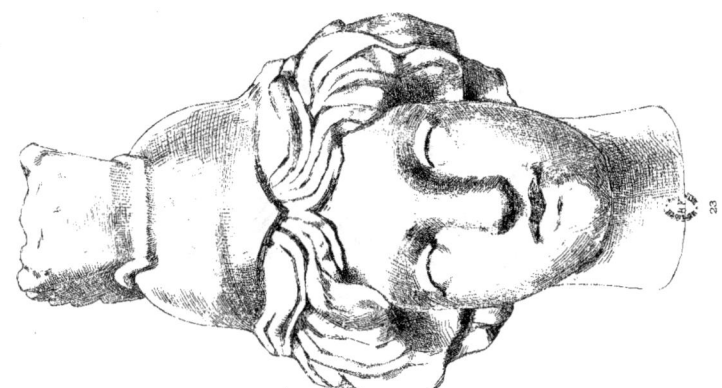

23

HÉRAPEL — REMPARTS DE L'EST.

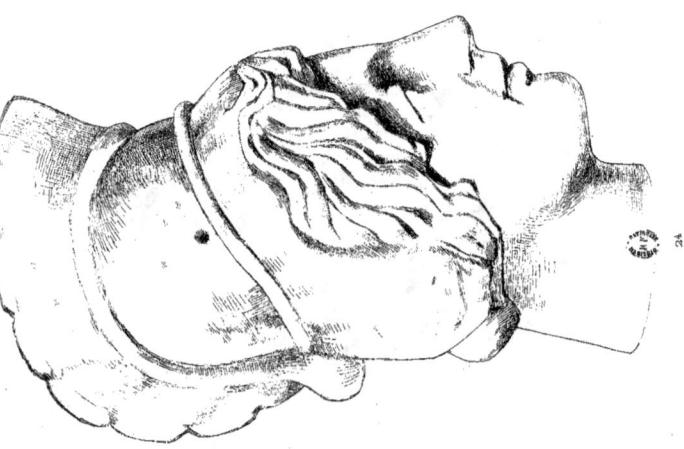

24

HÉRAPEL — REMPARTS DE L'EST.

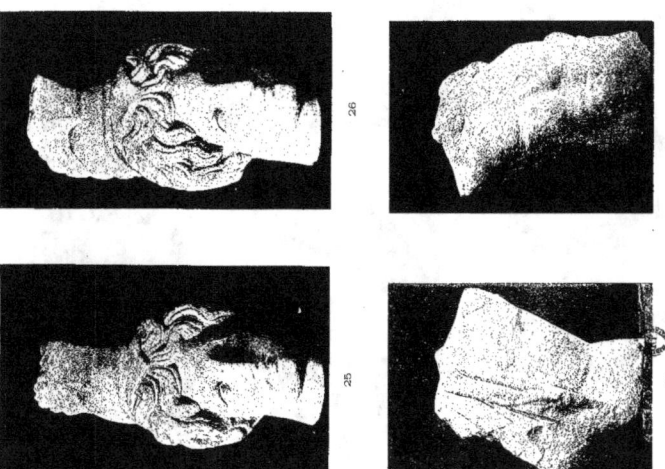

25

26

27

28

HÉRAPEL. – REMPARTS DE L'EST.

HERAPEL — REMPARTS DE L'EST.

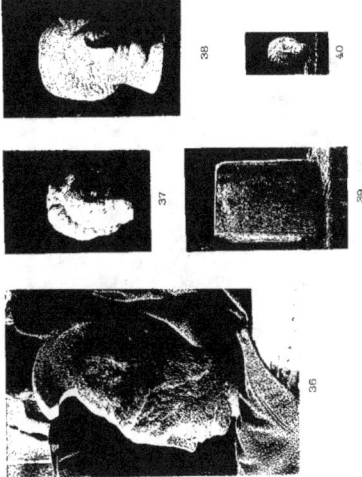

HÉRAPEL — REMPARTS DE L'EST.

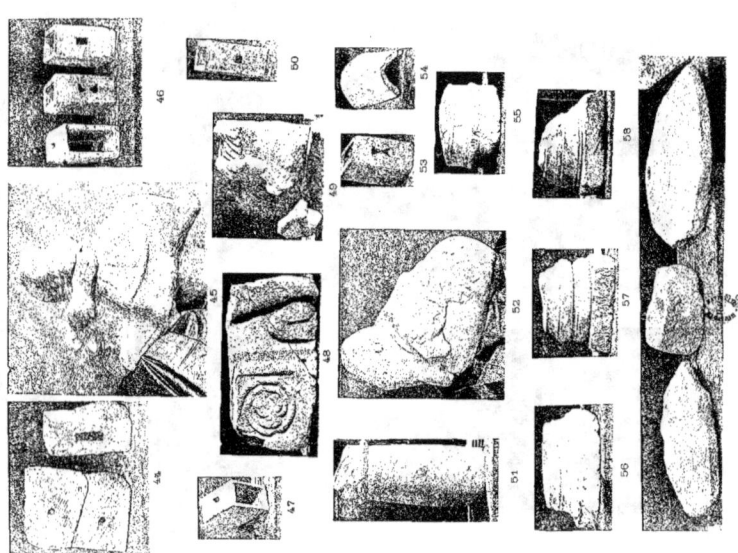

HÉRAPEL — REMPARTS DE L'EST.

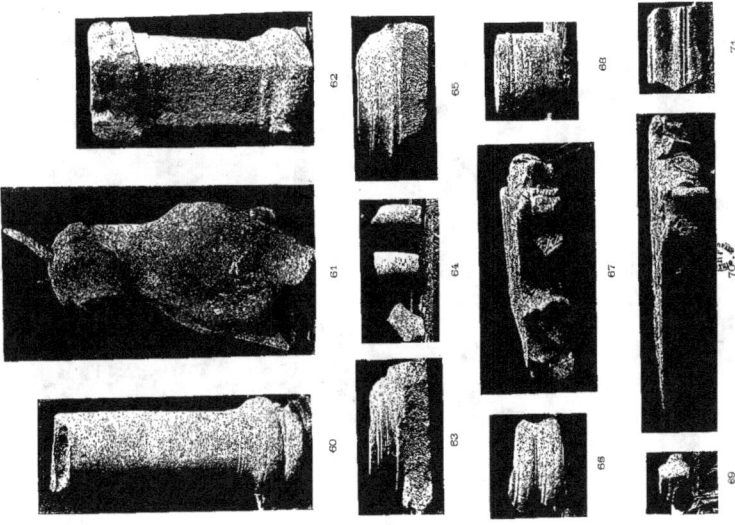

60 61 62 63 64 65 66 67 68 69 70 71

www.ingramcontent.com/pod-product-compliance
Lightning Source LLC
Chambersburg PA
CBHW051225260626
47161CB00005BA/2131